〔三國〕曹操 曹丕 曹植 著

三曹詩選

廣陵書社
中國·揚州

圖書在版編目（CIP）數據

三曹詩選 / (三國) 曹操, (三國) 曹丕, (三國) 曹植著. -- 揚州 : 廣陵書社, 2019.1
（經典國學讀本）
ISBN 978-7-5554-1159-8

Ⅰ. ①三… Ⅱ. ①曹… ②曹… ③曹… Ⅲ. ①古典詩歌-詩集-中國-三國時代 Ⅳ. ①I222.736.1

中國版本圖書館CIP數據核字(2018)第282100號

書　　名　三曹詩選
著　　者　(三國)曹操　(三國)曹丕　(三國)曹植
責任編輯　方慧君
出 版 人　曾學文
裝幀設計　鴻儒文軒

出版發行　廣陵書社
揚州市維揚路 349 號　郵編:225009
(0514) 85228081(總編辦)　85228088(發行部)
http://www.yzglpub.com　E-mail:yzglss@163.com
印　　刷　三河市華東印刷有限公司

開　　本　880 毫米×1230 毫米　1/32
印　　張　5.875
字　　數　65 千字
版　　次　2019 年 1 月第 1 版
印　　次　2019 年 1 月第 1 次印刷
書　　號　ISBN 978-7-5554-1159-8
定　　價　35.00 圓

魏太祖像

曹操繪像

顧愷之　洛神賦圖（局部）

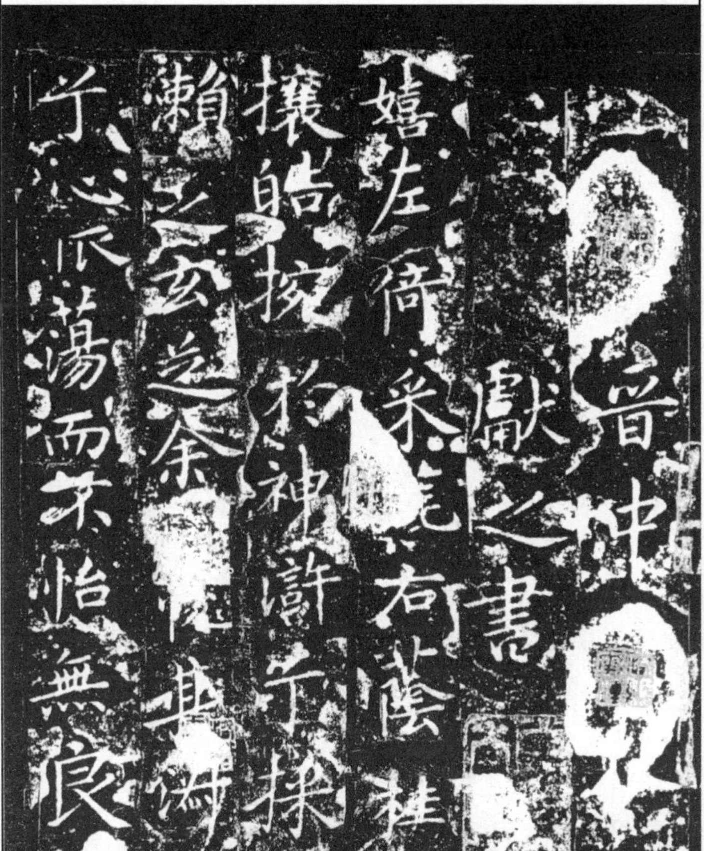

王獻之書《洛神賦》(局部)

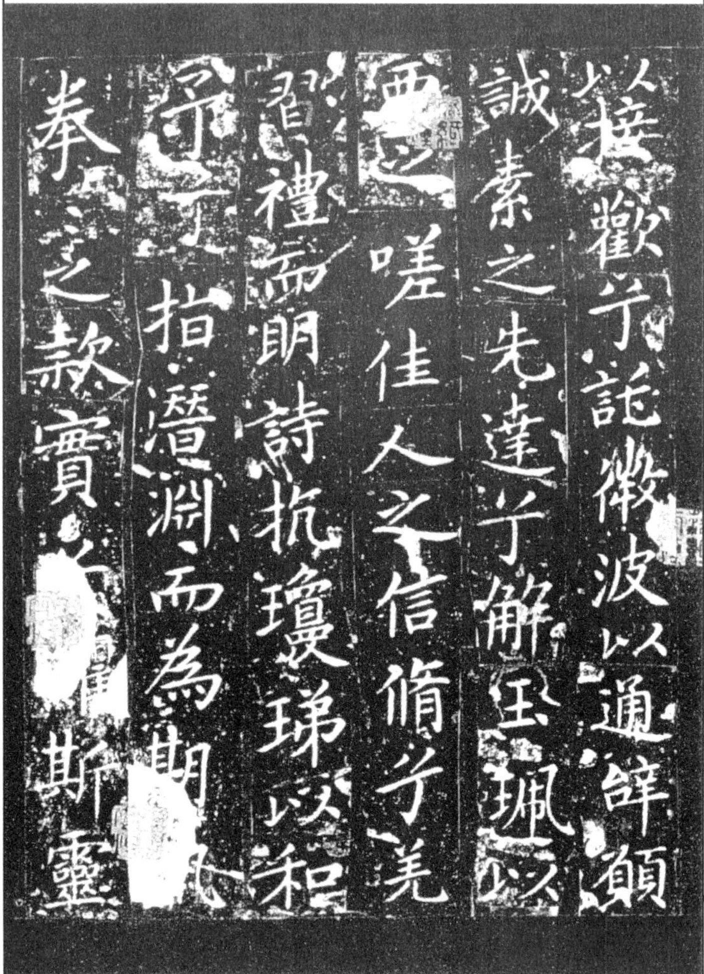

王獻之書《洛神賦》(局部)

編輯説明

自上世紀九十年代始，我社陸續編輯出版一套綫裝本中華傳統文化普及讀物，名爲《文華叢書》。編者孜孜矻矻，兀兀窮年，歷經二十載，聚爲上百種，集腋成裘，蔚爲可觀。叢書以内容經典、形式古雅、編校精審，深受讀者歡迎，不少品種已不斷重印，常銷常新。

國學經典，百讀不厭，其中藴含的生活情趣、生命哲理、人生智慧，以及家國情懷、歷史經驗、宇宙真諦，令人回味無窮，啓迪至深。爲了方便讀者閲讀國學原典，更廣泛地普及傳統文化，特于《文華叢書》基礎上，重加編輯，推出《經典國學讀本》叢書。

本叢書甄選國學之基本典籍，萃精華于一編。以内容言，所選均爲家喻户曉的經典名著，涵蓋經史子集，包羅詩詞文賦、小品蒙書，琳琅滿目；以篇幅言，每種規模不大，或數種彙于一書，便于誦讀；以形式言，採用傳統版式，字大文簡，讀來令人賞心悦目；以編輯言，力求精擇良善版本，細加校勘，注重精讀原文，偶作簡明小注，或酌配古典版畫，體現編輯的匠心。

當下國學典籍的出版方興未艾，品質參差不齊。希望這套我社經年打造的品牌叢書，能爲讀者朋友閱讀經典提供真正的精善讀本。

廣陵書社編輯部

二〇一七年十二月

出版説明

駿爽剛健、慷慨激昂的建安文學，在中國文學史上留下了輝煌燦爛的一頁。『三曹』是建安文學的代表，更是其開創者。他們不但在政治上、文學上處于領袖地位，而且擁有卓越的才華、積極進取的精神以及渴望拯世濟物的雄心抱負。他們開創了剛健有力、慷慨悲涼的文學風格，形成了獨具特色的『建安風骨』，亦爲六朝及隋唐文學開闢了新的道路。從『三曹』詩中，我們可以看到鮮明的時代風貌、理想的藝術追求以及觀照現實的人文精神。

曹操（一五五—二二〇），即魏武帝。字孟德，沛國譙縣（今安徽亳州市）人。初舉孝廉，任洛陽北部尉，遷頓丘令。後在鎮壓黄巾起義和討伐董卓的戰爭中，逐步擴充軍事力量。官渡之戰大破袁紹後，逐漸統一了中國北部。建安十三年（二〇八），進位爲丞相，率軍南下，被孫權、劉備聯軍擊敗于赤壁。封魏王。子曹丕稱帝，追尊爲武帝。他『外定武功，内興文學』（《三國志·魏志·荀彧傳》引《魏氏春秋》），在北方屯田，興修水利，解決了軍糧缺乏的問題，對農業生産的恢復有一定作用；用人唯才，抑制豪强，加强集權，所提拔人才首先是有治國用兵之術的人，其次就是知名文士。他精兵法，善詩歌。『晝則講武策，夜則思經傳。登高必賦，及造新詩，被之管弦，皆成樂章。』（《魏志·武帝紀》注引《魏書》）《蒿里行》《觀滄海》《短歌行》等篇，抒發政治抱負，反映人民苦難，氣魄雄偉，慷慨悲凉。鍾嶸《詩品》評價説：『曹公古直，甚有悲凉之句。』著作有《魏武帝集》，已佚，明人張溥《漢魏六朝百三名家集》中有輯本。今有整理本《曹操集》(中華書局一九七四年)、《曹操集譯注》(中華書局一九七九年)等版本。

曹丕(一八七—二二六),字子桓,曹操次子。建安十六年(二一一)爲五官中郎將,二十二年立爲魏太子。二十五年正月嗣魏王位,改建安爲延康。十一月受漢禪,即帝位,改元黄初。卒謚文皇帝。曹丕『好文學,以著述爲務』(《三國志·魏志·文帝紀》),對詩歌語言形式方面做了很多有益嘗試。他的詩歌深邃而憂傷,婉約而自然。他的詩逼近樂府民歌,關注内心情感,探索生命價值,體現出纖巧細膩的特色。如其《燕歌行》(秋風蕭瑟天氣涼)一首,爲現存最早七言詩,揣摩女性心理,細緻入微地刻畫出蕭瑟深秋,獨守空閨的少婦之幽怨情思,如怨如慕,如泣如訴。其他如《雜詩二首》《清河作》《善哉行》等篇都以動亂漂泊爲背景,反映人生冷暖、時代憂傷。清人沈德潛説：『子桓詩有文士氣，一變乃父悲壯之習矣。要其便娟婉約，能移人情。』（《古詩源》卷五）後人輯有《魏文帝集》。所著《典論·論文》爲中國文學批評史上的重要著作。

曹植（一九二—二三二），字子建，曹操之子，曹丕之弟。生于亂世，長于軍中。曹植天資聰穎，才思敏捷，深得曹操賞愛。曹操病逝，曹丕、曹叡相繼爲帝，曹植備受猜忌，位爲藩侯，實同囚徒，汲汲無歡，鬱鬱而終。封陳王，卒後謚爲『思』，故後人又稱其陳思王。曹植的創作以建安二十五年爲界，分爲前後兩期。前期詩歌洋溢着樂觀、浪漫的情調，抒寫人生抱負及宴游之樂，少量反映社會動亂。《白馬篇》即是前期代表作，抒發以身報國、建功立業的政治抱負，展現捐軀赴難、視死如歸的英雄形象。詩風豪邁、慷慨激昂。曹植後期詩歌，主要是表達受壓迫的苦悶和對人生悲觀失望的心情。如《贈白馬王彪》《浮萍篇》《美女篇》《七哀詩》等，或表達朋友遭遇迫害的憤懣，或以思婦、弃婦托寓身世，表白心迹。作品浸透血泪，却非厭弃人生的哀嘆，而是怨而不怒、温柔敦厚的慷慨沉鬱。鍾嶸《詩品》亦評其『骨氣奇高，詞采華茂』。宋人輯有《曹子建集》，别有明舒貞刻十卷本、薛應旂刻四卷本、張溥刻二卷本，均名《陳思王集》。

我社此次悉心選編，以張溥《漢魏六朝百三名家集》，夏傳才、唐紹忠《曹丕集校注》，趙幼文《曹植集校注》，余冠英《三曹詩選》，孫明君《三曹詩選》等書爲參考，酌添簡注，希望讀者能喜歡。

廣陵書社編輯部

二〇一八年十一月

目録

曹操詩選

曹丕詩選

三曹詩選

曹操詩選

氣出唱 三首

其一

駕六龍，乘風而行。行四海外，路下之八邦。歷登高山臨溪谷，乘雲而行。行四海外。東到泰山。仙人玉女，下來遨游。驂駕六龍飲玉漿。河水盡，不東流。解愁腹，飲玉漿。奉持行。東到蓬萊山，上至天之門。玉闕下，引見得入，赤松相對，四面顧望，視正惶惶。開玉心正興，其氣百道至。傳告無窮閉其口，但當愛氣壽萬年。

東到海，與天連。神仙之道，出窈入冥，常當專之。心恬澹，無所愒欲。閉門坐自守，天與期氣。願得神之人，乘駕雲車，驂駕白鹿，上到天之門，來賜神之藥。跪受之，敬神齊。當如此，道自來。

其二

華陰山，自以爲大。高百丈，浮雲爲之蓋。仙人欲來，出隨風，列之雨。吹我洞簫，鼓瑟琴，何誾誾！酒與歌戲，今日相樂誠爲樂。玉女起，起舞移數時。鼓吹一何嘈嘈。

從西北來時，仙道多駕烟，乘雲駕龍，鬱何䨴䨴。遨游八極，乃到崑崙之山，西王母側，神仙金止玉亭。來者爲誰？赤松王喬，乃德旋之門。樂共飲食到黄昏。多駕合坐，萬歲長，宜子孫。

其三

游君山，甚爲真。礭磈砟硌，爾自爲神。乃到王母臺，金階玉爲堂，芝草生殿旁。東西廂，客滿堂。主人當行觴，坐者長壽遽何央。長樂甫始宜孫子。常願主人增年，與相守。

精列

厥初生，造化之陶物，莫不有終期。莫不有終期，聖賢不能免，何爲懷此憂？願螭〔一〕龍之駕，思想崑崙居。思想崑崙居，見欺于迂怪，志意在蓬萊。志意在蓬萊，周孔聖徂落〔二〕，會稽以墳丘。

會稽以墳丘，陶陶誰能度？君子以弗憂。

年之暮奈何，時過時來微。

選注：

〔一〕螭：傳説中的龍之九子之一，一種無角的龍。

〔二〕徂落：指死亡。

度關山

天地間，人爲貴。立君牧民，爲之軌則。

車轍馬迹，經緯四極。黜陟〔一〕幽明〔二〕，黎庶繁息。

於鑠賢聖，總統邦域。封建五爵，井田刑獄。

有燔[三]丹書[四]，無普赦贖。皋陶甫侯[五]，何有失職？

嗟哉後世，改制易律。勞民爲君，役賦其力。

舜漆食器，畔者十國，不及唐堯，采椽不斫。

世嘆伯夷，欲以厲俗。侈惡之大，儉爲共德。

許由推讓，豈有訟曲？兼愛尚同，疏者爲戚[六]。

選注：

〔一〕黜陟：指官吏的貶謫與升遷。

〔二〕幽明：此處指佞人與賢人。

〔三〕燔：焚燒。

〔四〕丹書：舊時記録犯人罪行的文件。

〔五〕皋陶：虞舜時獄官之長，後爲獄官代稱。甫侯：周穆王時大臣，掌管刑獄、糾察等事宜。

〔六〕戚：親近。

薤露

惟漢二十世，所任誠不良。沐猴而冠帶，知小而謀强〔一〕。
猶豫不敢斷，因狩執君王〔二〕。白虹爲貫日，己亦先受殃。
賊臣執國柄，殺主滅宇京。蕩覆帝基業，宗廟以燔喪。
播越西遷移〔三〕，號泣而且行。瞻彼洛城郭，微子〔四〕爲哀傷。

選注：

〔一〕謀强：指何進欲誅宦官事。

〔二〕執君王：指宦官張讓等挾持少帝、陳留王出奔洛陽北小平津事。

〔三〕『播越』句：指初平元年（一九〇），因各州郡興兵討伐，董卓焚燒宮殿，脅迫漢獻帝遷都長安事。

〔四〕微子：商紂王之庶兄。

蒿里行

關東有義士，興兵討群凶。初期會盟津〔一〕，乃心在咸陽。

軍合力不齊，躊躇而雁行。勢利使人争，嗣還自相戕。

淮南弟稱號〔二〕，刻璽於北方。鎧甲生蟣虱，萬姓以死亡。

白骨露于野，千里無鷄鳴。生民百遺一，念之斷人腸。

選注：

〔一〕盟津：即孟津，在今河南孟縣南。

〔二〕『淮南』句：指建安二年（一九七），袁術在淮南自立爲帝事。

對酒

對酒歌，太平時，吏不呼門。王者賢且明，宰相股肱皆忠良。

咸禮讓，民無所争訟。三年耕有九年儲，倉穀滿盈。

班白不負戴。雨澤如此，百穀用成。

却走馬，以糞其土田。爵公侯伯子男，咸愛其民，以黜陟幽明。

子養〔一〕有若父與兄。犯禮法，輕重隨其刑。

路無拾遺之私。囹圄空虛，冬節不斷〔二〕。

人耄耋，皆得以壽終。恩澤廣及草木昆蟲。

選注：

〔一〕子養：養之如子之意。

〔二〕斷：斷案。

陌上桑

駕虹霓，乘赤雲，登彼九嶷歷玉門。

濟天漢，至崑崙，見西王母謁東君。

交赤松，及羡門，受要秘道愛精神。

食芝英，飲醴泉，拄杖桂枝，佩秋蘭。
絶人事，游渾元，若疾風游欻飄翩。
景未移，行數千，壽如南山不忘愆。

短歌行

對酒當歌，人生幾何？譬如朝露，去日苦多。
慨當以慷，憂思難忘。何以解憂？唯有杜康。
青青子衿，悠悠我心。但爲君故，沉吟至今。
呦呦鹿鳴，食野之苹。我有嘉賓，鼓瑟吹笙。
明明如月，何時可掇？憂從中來，不可斷絶。

越陌度阡，枉用相存。契闊談宴，心念舊恩。
月明星稀，烏鵲南飛。繞樹三匝，何枝可依？
山不厭高，海不厭深。周公吐哺，天下歸心。

短歌行

周西伯昌〔一〕，懷此聖德。三分天下，而有其二。修奉貢獻，臣節不墜。崇侯讒之，是以拘繫。一解

後見赦原，賜之斧鉞〔二〕，得使征伐，爲仲尼所稱。逮及德行，猶奉事殷，論叙其美。二解

齊桓之功，爲霸之首。九合諸侯，一匡天下。一匡天下，不以兵車。

正而不譎，其德傳稱。三解

孔子所嘆，并稱夷吾〔三〕，民受其恩。賜與廟胙，命無下拜。小白不敢爾，天威在顔咫尺。四解

晉文亦霸，躬奉天王。受賜珪瓚，秬鬯彤弓，盧弓矢千，虎賁三百人。〔四〕五解

威服諸侯，師之者尊。八方聞之，名亞齊桓。河陽之會，詐稱周王，是以其名紛葩。六解

選注：

〔一〕周西伯昌：指周文王姬昌，殷紂王時被封爲西伯。

〔二〕鉞：古兵器。

〔三〕夷吾：管仲，字夷吾。

〔四〕珪瓚：古代玉製酒器，狀如勺。秬鬯：古時供祭祀用的酒，用黍和郁金香釀製而成。虎賁：代指勇士。

秋胡行二首

其一

晨上散關山，此道當何難！晨上散關山，此道當何難！牛頓不起，車墮谷間。坐盤石之上，彈五弦之琴。作爲清角韵，意中迷煩。歌以言志，晨上散關山。一解

有何三老公，卒來在我傍？有何三老公，卒來在我傍？負揜被裘，似非恒人。謂卿云何，困苦以自怨，徨徨所欲，來到此間？歌以言志，有何

三老公？二解

我居崑崙山，所謂者真人。我居崑崙山，所謂者真人。道深有可得。名山歷觀，遨游八極，枕石漱流飲泉。沉吟不決，遂上升天。歌以言志，我居崑崙山。三解

去去不可追，長恨相牽攀。去去不可追，長恨相牽攀。夜夜安得寐，惆悵以自憐。正而不譎，乃賦依因。經傳所過，西來所傳。歌以言志，去去不可追。四解

其二

願登泰華山，神人共遠游。願登泰華山，神人共遠游。經歷崑崙山，到蓬萊。飄飄八極，與神人俱。思得神藥，萬歲爲期。歌以言志，願登泰華山。一解

天地何長久！人道居之短。天地何長久！人道居之短。世言伯陽，殊不知老；赤松王喬，亦云得道。得之未聞，庶以壽考。歌以言志，天地何長久！二解

明明日月光，何所不光昭！明明日月光，何所不光昭！二儀合聖化，貴者獨人不？萬國率土，莫非王臣。仁義爲名，禮樂爲榮。歌以言志，明明日月光。三解

四時更逝去，晝夜以成歲。四時更逝去，晝夜以成歲。大人先天而天弗違。不戚年往，憂世不治。存亡有命，慮之爲蚩。歌以言志，四時更逝去。四解

戚戚欲何念！歡笑意所之。戚戚欲何念！歡笑意所之。壯盛智慧，殊不再來。愛時進趣，將以惠誰？泛泛放逸，亦同何爲！歌以言志，戚戚

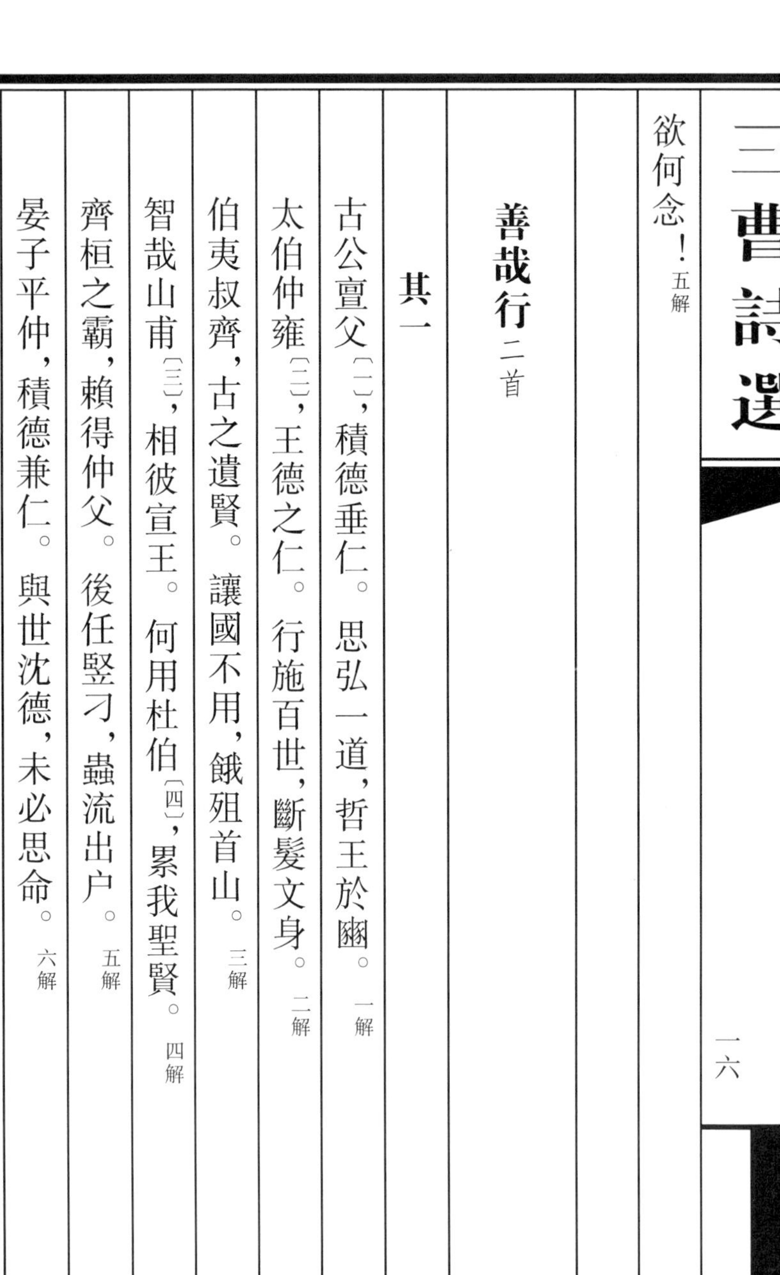

欲何念！五解

善哉行 二首

其一

古公亶父〔一〕，積德垂仁。思弘一道，哲王於豳。一解

太伯仲雍〔二〕，王德之仁。行施百世，斷髮文身。二解

伯夷叔齊，古之遺賢。讓國不用，餓殂首山。三解

智哉山甫〔三〕，相彼宣王。何用杜伯〔四〕，累我聖賢。四解

齊桓之霸，賴得仲父。後任豎刁，蟲流出户。五解

晏子平仲，積德兼仁。與世沈德，未必思命。六解

仲尼之世，主國爲君。隨制飲酒，揚波使官。七解

選注：

〔一〕古公亶父：周族領袖，相傳爲周文王的祖父。

〔二〕太伯仲雍：皆爲古公亶父之子。古公亶父有三子：太伯、仲雍和季歷。太伯、仲雍爲使古公亶父傳位于季歷而奔荆蠻，斷髮紋身以示不可用，後爲吴國始祖。

〔三〕山甫：周宣王時大臣。

〔四〕杜伯：周宣王時大臣，無罪被宣王所殺。

其二

自惜身薄祜，夙賤罹孤苦。既無三徙教〔一〕，不聞過庭語〔二〕。一解

其窮如抽裂，自以思所怙。雖懷一介志，是時其能與！二解

守窮者貧賤，惋嘆泪如雨。泣涕於悲夫，乞活安能睹？三解

我願於天窮，琅邪〔三〕傾側左。雖欲竭忠誠，欣公歸其楚〔四〕。四解

快人由爲嘆，抱情不得叙。顯行天教人，誰知莫不緒。五解

我願何時隨？此嘆亦難處。今我將何照於光曜？釋銜不如雨。六解

選注：

〔一〕三徙教：孟母爲了教育孟子，曾三次遷徙住所。

〔二〕過庭語：孔子兒子孔鯉經過庭中時，孔子對其進行了教育。後用『過庭』表示接受父親教育。

〔三〕琅邪：即琅琊山，在今山東諸城東南。漢獻帝初平四年（一九三），曹操之父曹嵩避難于琅琊，被陶謙部下殺害。

〔四〕『欣公』句：借用魯襄公由楚歸魯典故，此處代指建安元年（一九六）漢獻帝東歸洛陽。

苦寒行

北上太行山，艱哉何巍巍！羊腸坂[一]詰屈，車輪爲之摧。
樹木何蕭瑟，北風聲正悲！熊羆[二]對我蹲，虎豹夾路啼。
溪谷少人民，雪落何霏霏！延頸長嘆息，遠行多所懷。
我心何怫鬱？思欲一東歸。水深橋梁絶，中路正徘徊。
迷惑失故路，薄暮無宿栖。行行日已遠，人馬同時飢。
擔囊行取薪，斧冰持作糜。悲彼《東山》[三]詩，悠悠使我哀。

選注：

〔一〕羊腸坂：地名，在今山西長治東南。

〔二〕羆：熊之一種，亦稱棕熊、馬熊或人熊。

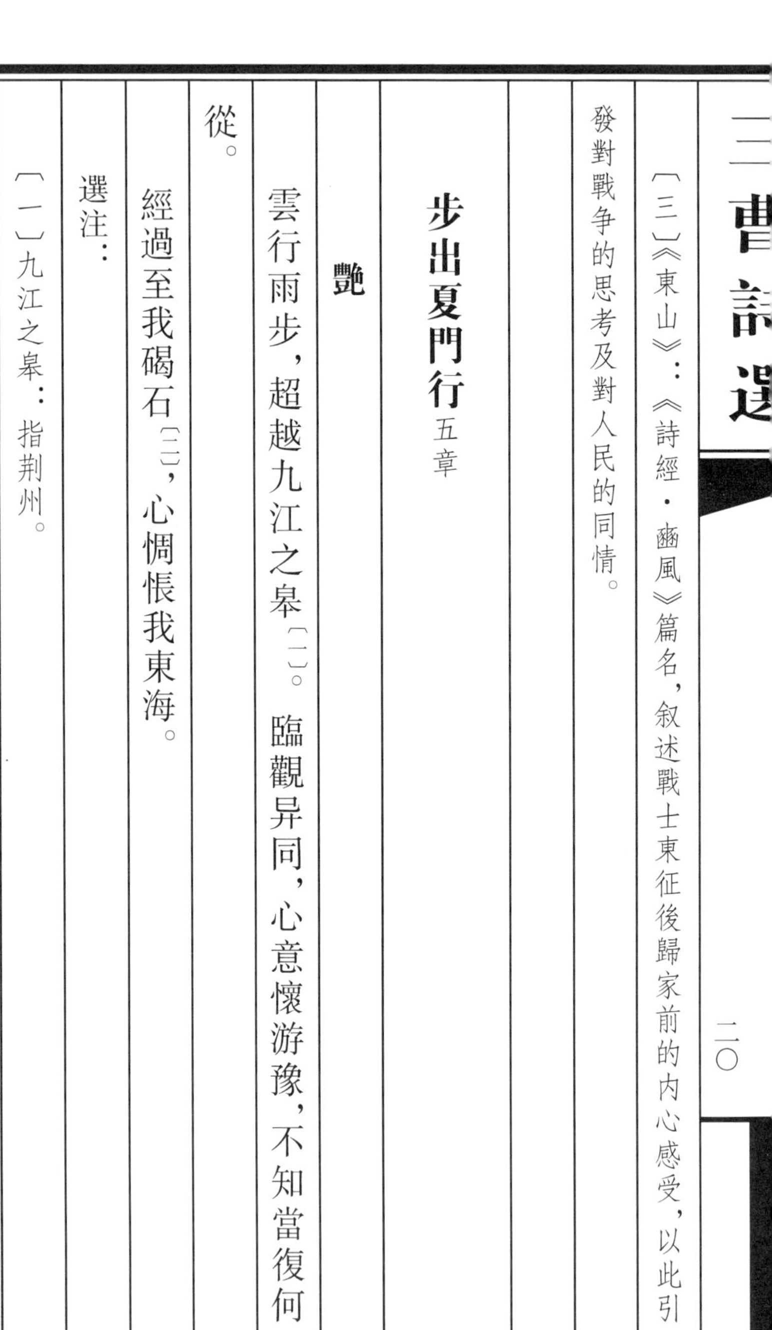

〔三〕《東山》：《詩經・豳風》篇名，叙述戰士東征後歸家前的内心感受，以此引發對戰爭的思考及對人民的同情。

步出夏門行 五章

艷

雲行雨步，超越九江之皋〔一〕。臨觀异同，心意懷游豫，不知當復何從。

經過至我碣石〔二〕，心惆悵我東海。

選注：

〔一〕九江之皋：指荆州。

〔二〕碣石：山名，在今河北昌黎縣北。

觀滄海

東臨碣石，以觀滄海。水何澹澹，山島竦峙。
樹木叢生，百草豐茂。秋風蕭瑟，洪波涌起。
日月之行，若出其中；星漢燦爛，若出其裏。
幸甚至哉！歌以咏志。

冬十月

孟冬十月，北風徘徊，天氣肅清，繁霜霏霏。
鵾鷄晨鳴，鴻雁南飛，鷙鳥潛藏，熊羆窟栖。
錢鎛停置，農收積場。逆旅整設，以通賈商。
幸甚至哉！歌以咏志。

土不同

鄉土不同，河朔隆寒。流澌〔一〕浮漂，舟船行難。
錐不入地，蘴藾深奧。水竭不流，冰堅可蹈。
士隱者貧，勇俠輕非。心常嘆怨，戚戚多悲。
幸甚至哉！歌以咏志。

選注：

〔一〕流澌：河面上飄浮的冰塊。

龜雖壽

神龜雖壽，猶有竟時。騰蛇乘霧，終爲土灰。
老驥伏櫪，志在千里；烈士暮年，壯心不已。
盈縮之期，不但在天；養怡之福，可得永年。

幸甚至哉！歌以咏志。

却東西門行

鴻雁出塞北，乃在無人鄉。舉翅萬里餘，行止自成行。
冬節食南稻，春日復北翔。田中有轉蓬，隨風遠飄揚。
長與故根絶，萬歲不相當。奈何此征夫，安得去四方！
戎馬不解鞍，鎧甲不離傍。冉冉老將至，何時反故鄉？
神龍藏深泉，猛獸步高岡。狐死歸首丘，故鄉安可忘！

謡俗詞

瓮中無斗儲，發篋無尺繒。友來從我貸，不知所以應。

董卓歌詞

德行不虧缺，變故自難常。鄭康成行酒，伏地氣絶；郭景圖命盡于園桑。

釣竿

東越河濟〔一〕水，遥望大海涯。釣竿何珊珊，魚尾何簁簁〔二〕。行路之好者，芳餌欲何爲。

選注：

〔一〕河：黄河。濟：濟水。

〔二〕簁簁：『簁』爲『篩』的古字。魚躍貌。

十五

登山而遠望，溪谷多所有。楩楠[一]千餘尺，衆草芝盛茂。

華葉耀人目，五色難可紀。雉雊山鷄鳴，虎嘯谷風起。

號羆當我道，狂顧動牙齒。

選注：

〔一〕楩楠：樹名，即黄楩木與楠木。

短歌行

仰瞻帷幕，俯察几筵。其物如故，其人不存。一解

神靈倏忽，弃我遐遷。靡瞻靡恃，泣涕連連。二解

呦呦游鹿，銜草鳴麑。翩翩飛鳥，挾子巢栖。三解

我獨孤煢，懷此百離。憂心孔疚，莫我能知。四解

人亦有言，憂令人老。嗟我白髮，生一何早。五解

長吟永歎，懷我聖考〔一〕。曰仁者壽，胡不是保。六解

選注：

〔一〕聖考：多指已故的君王，此指曹丕之父曹操。時曹操已逝。

秋胡行二首

其一

堯任舜禹，當復何爲。百獸率舞，鳳凰來儀〔一〕。
得人則安，失人則危。唯賢知賢，人不易知。
歌以咏言〔二〕，誠不易移。鳴條之役〔三〕，萬舉必全。
明德通靈，降福自天。

選注：

〔一〕儀：指鳳凰起舞。

〔二〕歌以咏言：《尚書·堯典》：『詩言志，歌咏言。』

〔三〕鳴條之役：指商湯滅夏之戰。

其二

泛泛緑池，中有浮萍。寄身流波，隨風靡傾。
芙蓉含芳，菡萏垂榮。朝采其實，夕佩其英。

采之遺誰，所思在庭。雙魚比目，鴛鴦交頸。
有美一人，婉如清揚。知音識曲，善爲樂方。

善哉行 二首

其一

上山采薇，薄暮苦飢。溪谷多風，霜露沾衣。一解
野雉群雊，猿猴相追。還望故鄉，鬱何壘壘。二解
高山有崖，林木有枝。憂來無方，人莫之知。三解
人生如寄，多憂何爲。今我不樂，歲月如馳。四解
湯湯川流，中有行舟。隨波轉薄，有似客游。五解

策我良馬，被我輕裘。載馳載驅，聊以忘憂。六解

其二

有美一人，婉如清揚。妍姿巧笑，和媚心腸。
知音識曲，善爲樂方。哀弦微妙，清氣含芳。
流鄭激楚，度宫中商。感心動耳，綺麗難忘。
離鳥夕宿，在彼中洲。延頸鼓翼，悲鳴相求。
眷然顧之，使我心愁。嗟爾昔人，何以忘憂。

丹霞蔽日行

丹霞蔽日，采虹垂天。谷水潺潺，木落翩翩。

孤禽失群，悲鳴雲間。月盈則沖，華不再繁。

古來有之，嗟我何言。

煌煌京洛行

夭夭園桃，無子空長。虚美難假，偏輪不行。一解

淮陰〔一〕五刑，鳥盡弓藏。保身全名，獨有子房〔二〕。大憤不收，褒衣無帶。多言寡誠，祇令事敗。二解

蘇秦之説，六國以亡。傾側賣主，車裂〔三〕固當。賢矣陳軫〔四〕，忠而有謀。楚懷不從，禍卒不救。三解

禍夫吴起，智小謀大。西河何健，伏尸何劣。四解

嗟彼郭生，古之雅人。智矣燕昭，可謂得臣。峨峨仲連，齊之高士。北辭千金，東蹈滄海。五解

選注：

〔一〕淮陰：指漢淮陰侯韓信。

〔二〕子房：指漢留侯張良。

〔三〕車裂：古時的一種酷刑。

〔四〕陳軫：楚懷王時大臣，曾勸諫懷王不要聽取張儀的游説與齊國絶交。

猛虎行

與君媾新歡，托配於二儀。充列於紫微〔一〕，升降焉可知。

梧桐攀鳳翼，雲雨散洪池〔二〕。

選注：

〔一〕紫微：此指星座名。

〔二〕洪池：古池塘名。

善哉行二首

其一

朝日樂相樂，酣飲不知醉。悲弦激新聲，長笛吹清氣。一解

弦歌感人腸，四坐皆歡悦。寥寥高堂上，凉風入我室。二解

持滿如不盈，有德者能卒。君子多苦心，所愁不但一。三解

慊慊下白屋，吐握不可失。衆賓飽滿歸，主人苦不悉。四解

比翼翔雲漢，羅者安所羈。冲靜得自然，榮華何足爲。五解

其二

朝游高臺觀，夕宴華池陰。大酋〔一〕奉甘醪，狩人獻嘉禽。一解

齊倡發東舞，秦箏奏西音。有客從南來，爲我彈清琴。二解

五音紛繁會，拊〔二〕者激微吟。淫魚乘波聽，踴躍自浮沉。三解

飛鳥翻翔舞，悲鳴集北林。樂極哀情來，寥亮摧肝心。四解

清角豈不妙，德薄所不任。大哉子野言，弭〔三〕弦且自禁。五解

選注：

〔一〕大酋：古代酒官之長。

〔二〕拊：古樂器名，即搏拊。此爲動詞，彈奏之意。

〔三〕弭：停止。

折楊柳行

西山一何高，高高殊無極。上有兩仙僮，不飲亦不食。與我一丸藥，光耀有五色。一解

服藥四五日，身輕生羽翼。輕舉乘浮雲，倏忽行萬億。流覽觀四海，茫茫非所識。二解

彭祖〔一〕稱七百。悠悠安可原。老聃〔二〕適西戎，于今竟不還。王喬假虚辭，赤松垂空言。〔三〕三解

達人識真僞，愚夫好妄傳。追念往古事，憒憒千萬端。百家多迂怪，

聖道我所觀。四解

選注：

〔一〕彭祖：傳説中的仙人、養生家，以長壽見稱。

〔二〕老聃：即老子。

〔三〕王喬、赤松：皆爲傳説中的仙人。

燕歌行 二首

其一

秋風蕭瑟天氣凉，草木摇落露爲霜。一解

群燕辭歸雁南翔，念君客游多思腸。二解

慊慊〔一〕思歸戀故鄉，君何淹留寄他方。三解
賤妾煢煢守空房，憂來思君不敢忘。四解
不覺淚下沾衣裳，援琴鳴弦發清商〔二〕。五解
短歌微吟不能長，明月皎皎照我床。六解
星漢西流夜未央，牽牛織女遥相望，爾獨何辜限河梁。七解

選注：

〔一〕慊慊：遺憾、不滿足貌。

〔二〕清商：樂調名。

其二

别日何易會日難，山川悠遠路漫漫。
鬱陶〔一〕思君未敢言，寄聲浮雲往不還。

涕零雨面毀容顔，誰能懷憂獨不歎。

展詩清歌聊自寬，樂往哀來摧肺肝。

耿耿伏枕不能眠，披衣出户步東西，仰看星月觀雲間。

飛鶬〔二〕晨鳴聲可憐，留連顧懷不能存。

選注：

〔一〕鬱陶：鬱，憂也；陶，喜也。此處謂内心憂悶不快而外似歡樂之貌。

〔二〕鶬：鳥名。指黄鶯或灰鶴。

臨高臺

臨臺行高，高以軒。下有水，清且寒，中有黄鵠往且翻。

行爲臣，當盡忠，願令皇帝陛下三千歲，宜居此宫。
鵠欲南游，雌不能隨。我欲躬銜汝，口噤不能開。欲負之，毛衣摧頹。
五里一顧，六里徘徊。

陌上桑

弃故鄉，離室宅，遠從軍旅萬里客。
披荆棘，求阡陌，側足獨窘，步路局苲。
虎豹嘷動，鷄驚禽失，群鳴相索。
登南山，奈何蹈盤石，樹木叢生鬱差錯。
寢蒿草，蔭松柏，涕泣雨面沾枕席。

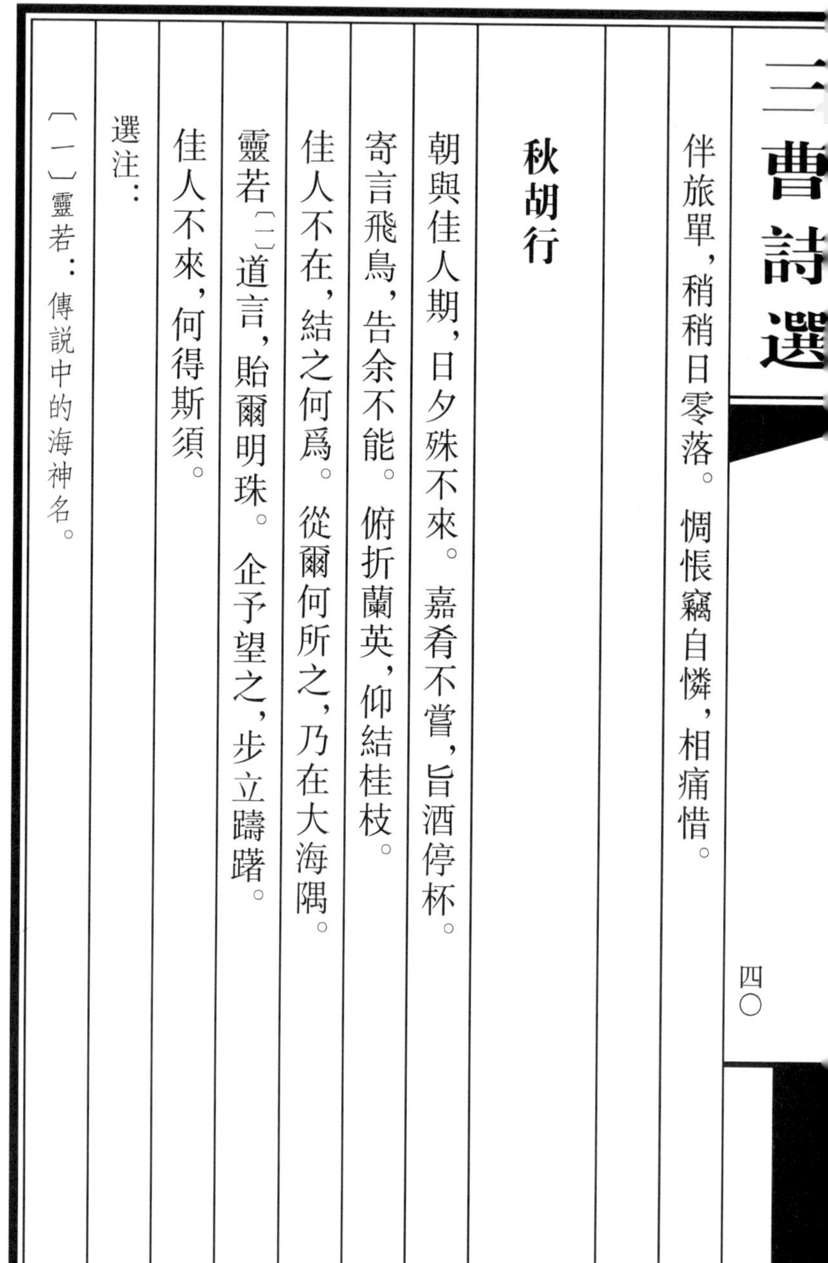

伴旅單，稍稍日零落。惆悵竊自憐，相痛惜。

秋胡行

朝與佳人期，日夕殊不來。嘉肴不嘗，旨酒停杯。

寄言飛鳥，告余不能。俯折蘭英，仰結桂枝。

佳人不在，結之何爲。從爾何所之，乃在大海隅。

靈若〔一〕道言，貽爾明珠。企予望之，步立躊躇。

佳人不來，何得斯須。

選注：

〔一〕靈若：傳説中的海神名。

上留田行

居世一何不同？上留田。富人食稻與粱。上留田。
貧子食糟與糠。上留田。貧賤亦何傷？上留田。
禄命懸在蒼天。上留田。今爾歎息，將欲誰怨？上留田。

大牆上蒿行

陽春無不長成。草木群類，隨大風起，零落若何翩翩。中心獨立一何煢。
四時舍我驅馳。今我隱約欲何爲？人生居天壤間，忽如飛鳥栖枯枝，我今隱約〔一〕欲何爲。

適君身體所服，何不恣君口腹所嘗？冬被貂鼲温暖，夏當服綺羅輕涼。行力自苦，我將欲何爲？不及君少壯之時，乘堅車，策肥馬良。上有倉浪之天，今我難得久來視；下有蠕蠕之地，今我難得久來履。何不恣意遨游，從君所喜。帶我寶劍，今爾何爲自低卬？悲麗平壯觀，白如積雪，利若秋霜。駮〔二〕犀標首，玉琢中央。帝王所服，辟除凶殃。御左右，奈何致福祥。吴之辟閭，越之步光，楚之龍泉〔三〕，韓有墨陽。苗山之鋌，羊頭〔四〕之鋼，知名前代。咸自謂麗且美，曾不知君劍良，綺難忘。

冠青雲之崔嵬，纖羅爲纓，飾以翠翰，既美且輕。表容儀，俯仰垂光榮。宋之章甫〔五〕，齊之高冠，亦自謂美。蓋何足觀。排金鋪，坐玉堂。風塵不起，天氣清涼。奏桓瑟，舞趙倡。女娥長歌，聲協宮商。感心動耳，盪氣迴腸。酌桂酒，鱠鯉魴。與佳人期爲樂康。前奉玉巵，爲我行觴。今日樂，不可忘，樂未央。爲樂常苦遲。歲月逝，忽若飛。何爲自苦，使我心悲？

選注：

〔一〕隱約：痛苦之意。

〔二〕駮：傳説中的猛獸。

〔三〕辟閭、步光、龍泉：皆爲劍名。辟閭爲吴王夫差之劍，步光爲越王勾踐佩劍，龍泉是干將爲楚王所鑄之劍。

〔四〕羊頭：山名，在今山西境内。

〔五〕章甫：古時的一種禮帽。

豔歌何嘗行

何嘗快獨無憂？但當飲醇酒，炙肥牛。一解

長兄爲二千石，中兄被貂裘。二解

小弟雖無官爵，鞍馬馺馺〔一〕，往來王侯長者游。三解

但當在王侯殿上，快獨摴蒲六博〔二〕，坐對彈棋〔三〕。四解

男兒居世，各當努力。蹙迫日暮，殊不久留。五解

少小相觸抵，寒苦常相隨。忿恚安足諍？吾中道與卿共別離。約身奉事君，禮節不可虧。上慚倉浪之天，下顧黃口小兒。奈何復老心皇皇，獨悲誰能知？『少小』下爲趨曲，前爲豔。

選注：

〔一〕駸駸：馬疾馳貌。

〔二〕摴蒲六博：摴蒲、六博，皆爲古時的賭博游戲。

〔三〕彈棋：古時的賭博游戲。

月重輪行

三辰垂光，照臨四海。煥哉何煌煌。

悠悠與天地久長。愚見自前，聖睹萬年。

明暗相絕，何可勝言？

飲馬長城窟行

浮舟横大江，討彼犯荆虜〔一〕。武將齊貫釓〔二〕，征人伐金鼓。

長戟十萬隊，幽冀百石弩。發機若雷電，一發連四五。

選注：

〔一〕犯荆虜：指孫吴政權。

〔二〕釓：箭鏃。

黎陽〔一〕作三首

其一

朝發鄴城〔二〕，夕宿韓陵。霖雨載塗，輿人困窮。

載馳載驅，沐雨櫛風。舍我高殿，何爲泥中？

在昔周武，爰暨公旦。載主而征，救民塗炭。

彼此一時，惟天所贊。我獨何人，餘不靖亂？

選注：

〔一〕黎陽：在今河南境内。

〔二〕鄴城：在今河北臨漳。

其二

殷殷其雷，濛濛其雨。我徒我車，涉此艱阻。

遵彼洹〔一〕湄，言刈其楚〔二〕。班之中路，塗潦是御。

轔轔大車，載低載昂。嗷嗷僕夫，載仆載僵。

蒙塗冒雨，沾衣濡裳。

選注：

〔一〕洹：即洹水，古河流名，流經今河南安陽。

〔二〕楚：此處指灌木。

其三

千騎隨風靡，萬騎正龍驤。金鼓震上下，干戚〔一〕紛縱橫。

白旄若素霓，丹旗發朱光。追思太王德，胥宇識足臧〔二〕。

經歷萬歲林，行行到黎陽。

選注：

〔一〕干戚：指兵器。干，盾牌；戚，大斧。

〔二〕臧：美好之意。

於譙作

清夜延貴客，明燭發高光。豐膳漫星陳，旨酒盈玉觴。
弦歌奏新曲，游響拂丹梁。餘音赴迅節，慷慨時激揚。
獻酬紛交錯，雅舞何鏘鏘。羅纓從風飛，長劍自低昂。
穆穆衆君子，和合同樂康。

孟津

良辰啓初節，高會構歡娱。通天拂景雲，俯臨四達衢。
羽爵〔一〕浮象樽〔二〕，珍膳盈豆區〔三〕。清歌發妙曲，樂正奏笙竽。

三曹詩選

曜靈忽西邁，炎燭繼望舒。翊日浮黃河，長驅旋鄴都。

選注：

〔一〕羽爵：古時一種酒器。

〔二〕象樽：象狀的酒杯。

〔三〕豆區：均爲古時盛食物的容器，區大，豆小。

芙蓉池作

乘輦夜行游，逍遥步西園。雙渠相溉灌，嘉木繞通川。

卑枝拂羽蓋，修條摩蒼天。驚風扶輪轂，飛鳥翔我前。

丹霞夾明月，華星出雲間。上天垂光彩，五色一何鮮。

壽命非松喬，誰能得神仙。遨游快心意，保己終百年。

於玄武陂作

兄弟共行游，驅車出西城。野田廣開闢，川渠互相經。

黍稷何鬱鬱，流波激悲聲。菱芡〔一〕覆緑水，芙蓉發丹榮〔二〕。

柳垂重蔭緑，向我池邊生。乘渚望長洲，群鳥讙嘩鳴。

萍藻泛濫浮，澹澹隨風傾。忘憂共容與，暢此千秋情。

選注：

〔一〕芡：睡蓮科水生植物，種子稱『芡實』或『鷄頭米』，可食用或入藥。

〔二〕丹榮：紅花。

至廣陵於馬上作

觀兵臨江水，水流何湯湯。戈矛成山林，玄甲耀日光。

猛將懷暴怒，膽氣正縱横。誰云江水廣，一葦可以航。

不戰屈敵虜，戢兵稱賢良。古公宅岐邑〔一〕，實始剪殷商。

孟獻營虎牢〔二〕，鄭人懼稽顙〔三〕。充國〔四〕務耕殖，先零自破亡。

興農淮泗間，築室都徐方。量宜運權略，六軍咸悦康。

豈如東山詩，悠悠多憂傷。

選注：

〔一〕岐邑：在今陝西岐山。

〔二〕虎牢：關名，在今河南滎陽。

〔三〕稽顙：古時一種叩頭至地的禮節。

〔四〕充國：即趙充國，七十餘歲領兵破西北少數民族部落先零。見《漢書·趙充國傳》。

雜詩二首

其一

漫漫秋夜長，烈烈北風凉。輾轉不能寐，披衣起彷徨。
彷徨忽已久，白露沾我裳。俯視清水波，仰看明月光。
天漢回西流，三五正縱横。草蟲鳴何悲，孤雁獨南翔。
鬱鬱多悲思，綿綿思故鄉。願飛安得翼，欲濟河無梁。

向風長歎息，斷絕我中腸。

其二

西北有浮雲，亭亭如車蓋。惜哉時不遇，適與飄風會。吹我東南行，行行至吴會〔一〕。吴會非我鄉，安得久留滯。弃置勿復陳，客子常畏人。

選注：

〔一〕吴會：指吴郡和會稽郡。

於明津作

遥遥山上亭，皎皎雲間星。遠望使心懷，游子戀所生。

驅車出北門，遥望河陽城。

清河作

方舟戲長水，湛澹自浮沉。弦歌發中流，悲響有餘音。音聲入君懷，悽愴傷人心。心傷安所念，但願恩情深。願爲晨風〔一〕鳥，雙飛翔北林。

選注：

〔一〕晨風：鳥名。《毛傳》謂：『晨風，鸇也。』

清河見挽船士新婚與妻別作

與君結新婚，宿昔當別離。涼風動秋草，蟋蟀鳴相隨。
冽冽寒蟬吟，蟬吟抱枯枝。枯枝時飛揚，身體忽遷移。
不悲身遷移，但惜歲月馳。歲月無窮極，會合安可知？
願爲雙黄鵠，比翼戲清池。

黎陽作

奉辭討罪遐征，晨過黎山巉崢〔一〕。東濟黄河金營，北觀故宅頓傾。
中有高樓亭亭，荆棘繞蕃叢生。南望果園青青，霜露慘悽宵零。

彼桑梓〔二〕兮傷情。

選注：

〔一〕巉崢：山高峻貌。

〔二〕桑梓：借指故鄉。

寡婦

友人阮元瑜早亡，傷其妻孤寡，爲作此詩。

霜露紛兮交下，木葉落兮淒淒。候雁叫兮雲中，歸燕翩兮徘徊。
妾心感兮惆悵，白日急兮西頹。守長夜兮思君，魂一夕兮九乖〔一〕。
悵延佇兮仰視，星月隨兮天迴。徒引領兮入房，竊自憐兮孤栖。

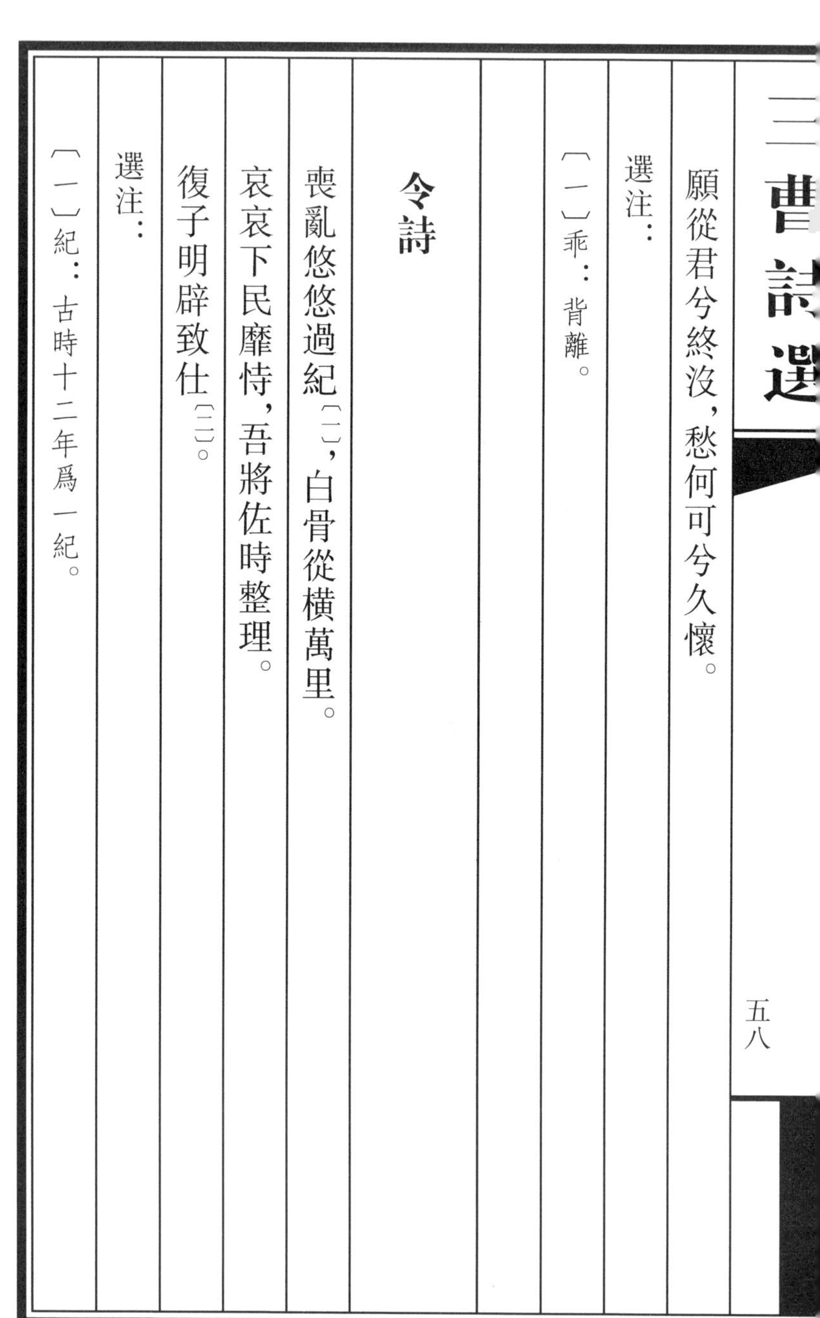

願從君兮終没，愁何可兮久懷。

選注：

〔一〕乖：背離。

令詩

喪亂悠悠過紀〔一〕，白骨從横萬里。

哀哀下民靡恃，吾將佐時整理。

復子明辟致仕〔二〕。

選注：

〔一〕紀：古時十二年爲一紀。

〔二〕致仕：指辭官歸家。

見挽船士兄弟辭别詩

鬱鬱河邊樹，青青野田草。舍我故鄉客，將適萬里道。
妻子牽衣袂，抆淚沾懷抱。還附幼童子，顧托兄與嫂。
辭訣未及終，嚴駕一何早。負笮引文舟，飢渴常不飽。
誰令爾貧賤，咨嗟何所道。

附：

典論·論文

文人相輕，自古而然。傅毅之于班固，伯仲之間耳，而固小之，與弟超書曰：『武仲以能屬文爲蘭臺令史，下筆不能自休。』夫人善于自見，而文非一體，鮮能備善，是以各以所長，相輕所短。里語曰：『家有敝帚，享之千金。』斯不自見之患也。

今之文人：魯國孔融文舉、廣陵陳琳孔璋、山陽王粲仲宣、北海徐幹偉長、陳留阮瑀元瑜、汝南應瑒德璉、東平劉楨公幹，斯七子者，于學無所遺，于辭無所假，咸以自騁騏騄于千里，仰齊足而并馳。以此相服，亦良難矣！蓋君子審己以度人，故能免于斯累，而作《論文》。

王粲長于辭賦，徐幹時有齊氣，然粲之匹也。如粲之《初征》《登樓》《槐賦》《征思》，幹之《玄猿》《漏卮》《圓扇》《橘賦》，雖張、蔡不過也。然于他文，未能稱是。琳、瑀之章表書記，今之儁也。應瑒和而不壯；劉楨壯而不密。孔融體氣高妙，有過人者，然不能持論，理不勝辭，至于雜以嘲戲，及其所善，揚、班儔也。

常人貴遠賤近，向聲背實，又患暗于自見，謂己爲賢。夫文本同而末异，蓋奏議宜雅，書論宜理，銘誄尚實，詩賦欲麗。此四科不同，故能之者偏也。唯通才能備其體。

文以氣爲主，氣之清濁有體，不可力强而致。譬諸音樂，曲度雖均，節奏同檢，至于引氣不齊，巧拙有素，雖在父兄，不能以遺子弟。

蓋文章，經國之大業，不朽之盛事。年壽有時而盡，榮樂止乎其身，二者必至之常期，未若文章之無窮。是以古之作者，寄身于翰墨，見意于篇籍，不假良史之辭，不托飛馳之勢，而聲名自傳于後。故西伯幽而演《易》，周旦顯而制禮，不以隱約而不務，不以康樂而加思。夫然，則古人賤尺璧而重寸陰，懼乎時之過已。而人多不強力；貧賤則懼于飢寒，富貴流于逸樂，遂營目前之務，而遺千載之功。日月逝于上，體貌衰于下，忽然與萬物遷化，斯亦志士大痛也！

融等已逝，唯幹著論，成一家言。

與吴質書

二月三日，丕白：歲月易得，别來行復四年。三年不見，《東山》猶嘆其遠〔一〕；况又過之？思何可支！雖書疏往返，未足解其勞結。

昔年疾疫〔二〕，親故多離其災。徐、陳、應、劉〔三〕，一時俱逝，痛可言邪？昔日游處，行則連輿，止則接席，何曾須臾相失。每至觴酌流行，絲竹并奏，酒酣耳熱，仰而賦詩。當此之時，忽然不自知樂也。謂百年己分，長共相保，何圖數年之間，零落略盡，言之傷心！頃撰其遺文，都爲一集。觀其姓名，已爲鬼録。追思昔游，猶在心目。而此諸子，化爲糞壤〔四〕，可復道哉？

觀古今文人，類不護細行，鮮皆能以名節自立。而偉長獨懷文抱質，恬淡寡欲，有箕山〔五〕之志，可謂彬彬君子矣。著《中論》〔六〕二十餘篇，成一家之業，辭義典雅，足傳于後，此子爲不朽矣。德璉常斐然有述作意，其才學足以著書，美志不遂，良可痛息！間者歷覽諸子之文，對之抆淚，既痛逝者，行自念也。孔璋章表殊健，微爲繁富。公幹有逸氣，但未遒耳，至其五言詩，妙絕當時。元瑜書記翩翩，致足樂也。仲宣獨自善于辭賦，惜其體弱，不足起其文；至于所善，古人無以遠過也。

昔伯牙絕弦于鍾期〔七〕，仲尼覆醢于子路〔八〕，愍知音之難遇，傷門人之莫逮也。諸子但爲未及古人，自一時之儁也。今之存者，已不逮矣。後生可畏，來者難誣，然吾與足下不及見也。

行年已長大，所懷萬端，時有所慮，至乃通夕不瞑。何時復類昔日？已成老翁，但未白頭耳。光武言：『年已三十，在軍十年，所更非一。』吾德雖不及，年與之齊。以犬羊之質，服虎豹之文；無衆星之明，假日月之光；動見瞻觀，何時易邪？恐永不復得爲昔日游也。少壯真當努力，年一過往，何可攀援？古人思秉燭夜游，良有以也。頃何以自娛？頗復有所造述否？東望於邑〔九〕，裁書敘心。丕白。

選注：

〔一〕『《東山》』句：《詩經·豳風·東山》有『自我不見，于今三年』之句。

〔二〕昔年疾疫：指建安二十二年發生的瘟疫。

〔三〕徐、陳、應、劉：指徐幹、陳琳、應瑒、劉楨。徐幹，字偉長。陳琳，字孔璋。應瑒，字德璉。劉楨，字公幹。

〔四〕化爲糞壤：指死亡。

〔五〕箕山：相傳爲堯時許由、巢父隱居之地，後常用以指隱逸的人或地方。

〔六〕《中論》：分爲上下卷，部分散佚。是一部哲理性學術著作。

〔七〕『昔伯牙』句：春秋時俞伯牙善彈琴，唯鍾子期爲知音。子期死，伯牙毀琴，不再彈。

〔八〕『仲尼』句：据説孔子的學生子路在衛國被殺并被剁成肉醬後，孔子便不再吃肉醬一類的食物。醢，肉醬。

〔九〕於邑：同『嗚咽』，低聲哭泣。

箜篌引

置酒高殿上，親友從我游。中厨辦豐膳，烹羊宰肥牛。
秦箏何慷慨，齊瑟和且柔。陽阿〔一〕奏奇舞，京洛出名謳。
樂飲過三爵，緩帶傾庶羞。主稱千金壽，賓奉萬年酬。
久要不可忘，薄終〔二〕義所尤。謙謙君子德，磬折〔三〕欲何求。
驚風飄白日，光景馳西流。盛時不可再，百年忽我遒〔四〕。
生存華屋處，零落歸山丘。先民誰不死，知命復何憂？

選注：

〔一〕陽阿：古縣名。西漢置，治今山西陽城西北。一説古之名倡。

〔二〕薄終：不能善終之意。

〔三〕磬折：彎腰，表示謙恭。

〔四〕遒：迫近。

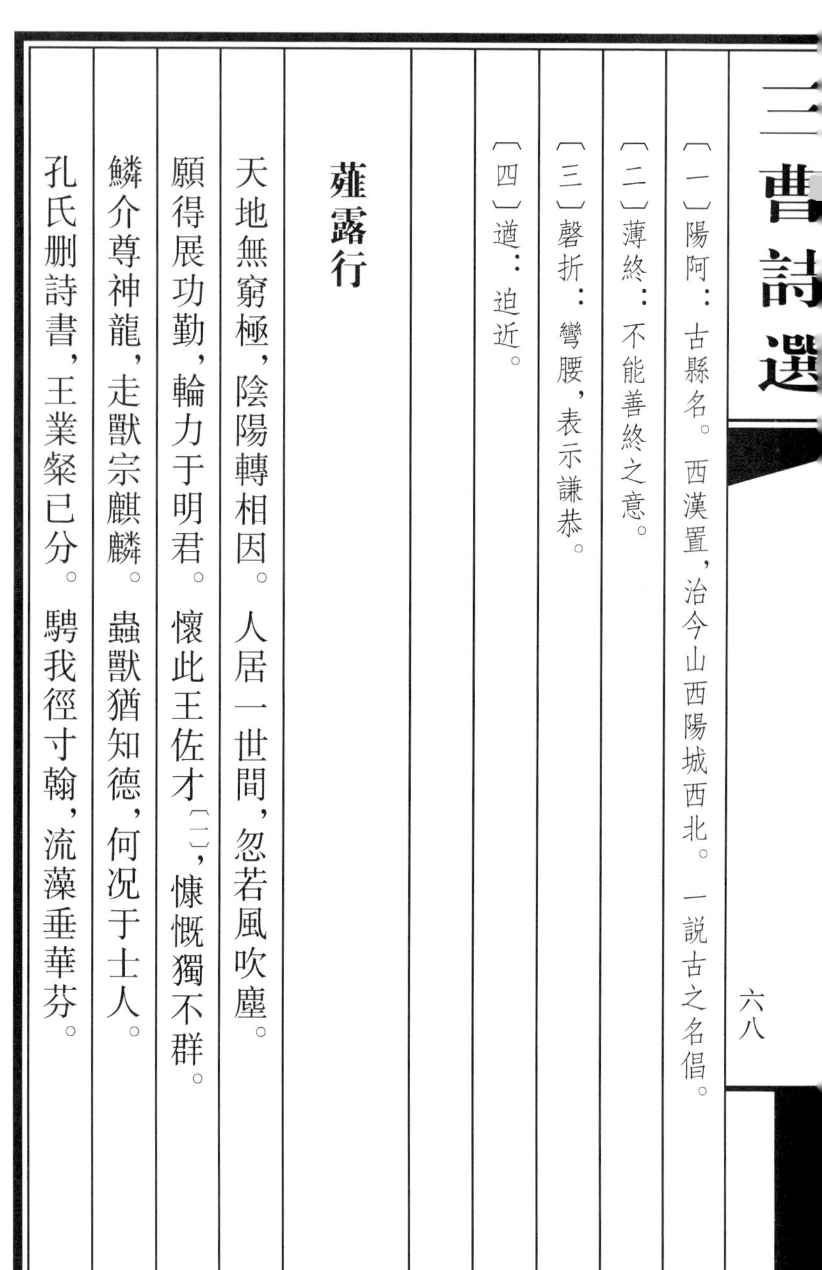

薤露行

天地無窮極，陰陽轉相因。人居一世間，忽若風吹塵。

願得展功勤，輪力于明君。懷此王佐才〔一〕，慷慨獨不群。

鱗介尊神龍，走獸宗麒麟。蟲獸猶知德，何况于士人。

孔氏删詩書，王業粲已分。騁我徑寸翰，流藻垂華芬。

選注：

〔一〕王佐才：輔佐王者的才能。

平陵東

閶闔開，天衢通，被我羽衣乘飛龍。

乘飛龍，與仙期，東上蓬萊采靈芝。

靈芝采之可服食，年若王父〔一〕終無極。

選注：

〔一〕王父：即東王父，也稱『東父』，傳説中的神名。《海内十洲記·聚窟洲》：『扶桑在碧海之中，地方萬里。上有太帝宫，太真東王父所治處。』

蝦䱇[一]篇

蝦䱇游潢潦[二]，不知江海流。燕雀戲藩柴，安識鴻鵠游。

世士此誠明，大德固無儔。駕言登五岳，然後小陵丘。

俯觀上路人，勢利惟是謀。讎高念皇家，遠懷柔九州。

撫劍而雷音，猛氣縱橫浮。泛泊[三]徒嗷嗷，誰知壯士憂。

選注：

〔一〕䱇：即黄鱔。

〔二〕潢潦：指地上流淌的雨水。

〔三〕泛泊：指無遠大志向的人。

吁嗟篇

吁嗟此轉蓬，居世何獨然。長去本根逝，宿夜無休閑。
東西經七陌，南北越九阡。卒遇回風起，吹我入雲間。
自謂終天路，忽然下沉淵。驚飆〔一〕接我出，故歸彼中田。
當南而更北，謂東而反西。宕宕當何依，忽亡而復存。
飄颻周八澤，連翩歷五山。流轉無恒處，誰知吾苦艱。
願爲中林草，秋隨野火燔。糜滅豈不痛，願與根荄〔二〕連。

選注：

〔一〕飆：暴風。

〔二〕荄：草根。

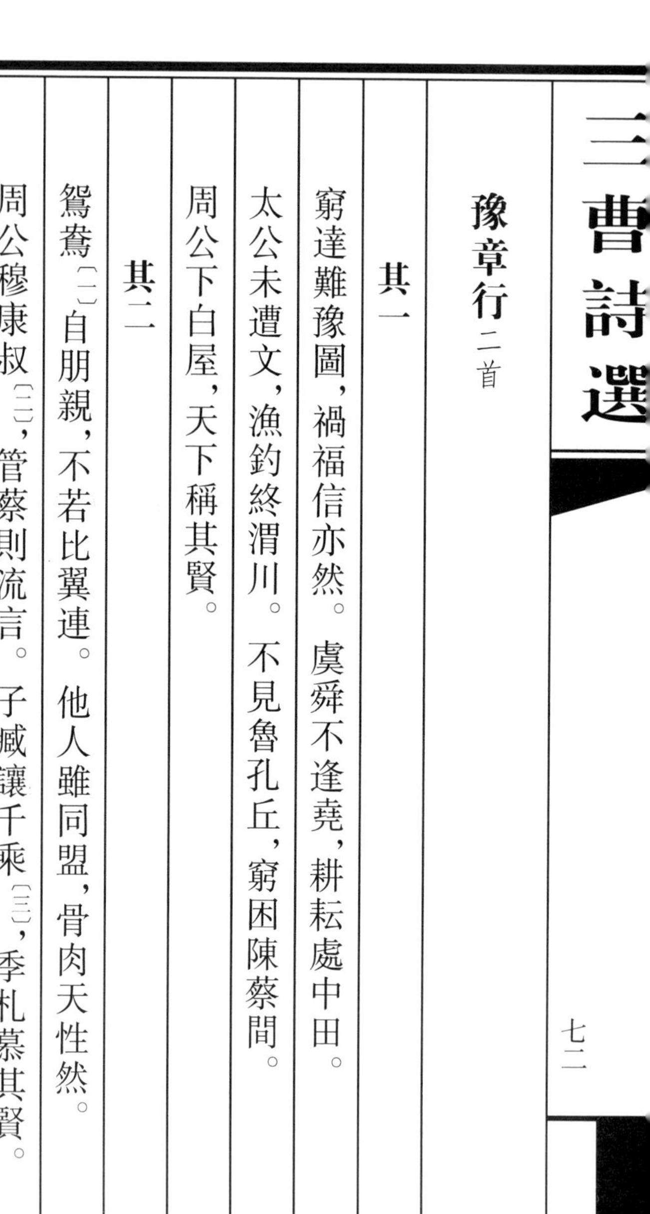

豫章行二首

其一

窮達難豫圖，禍福信亦然。虞舜不逢堯，耕耘處中田。
太公未遭文，漁釣終渭川。不見魯孔丘，窮困陳蔡間。
周公下白屋，天下稱其賢。

其二

鴛鴦〔一〕自朋親，不若比翼連。他人雖同盟，骨肉天性然。
周公穆康叔〔二〕，管蔡則流言。子臧讓千乘〔三〕，季札慕其賢。

選注：

〔一〕鴛鴦：此處指朋友。

〔二〕『周公』句：康叔，周武王的同母弟。周公攝政時，與康叔親近，遭到周文王之子管叔鮮、蔡叔度的誣陷。

〔三〕『子臧』句：子臧爲春秋時曹國公子，曹宣公卒，各諸侯認爲新立的曹君不義，欲立子臧爲君，子臧逃避至宋，以成全曹君。季札，春秋時吴王諸樊弟，爲避王位『弃其室而耕』，曾云：『願附于子臧，以無失節。』

浮萍篇

浮萍寄清水，隨風東西流。結髮辭嚴親，來爲君子仇〔一〕。
恪勤在朝夕，無端獲罪尤。在昔蒙恩惠，和樂如瑟琴。
何意今摧頹，曠若商與參。茱萸自有芳，不若桂與蘭。

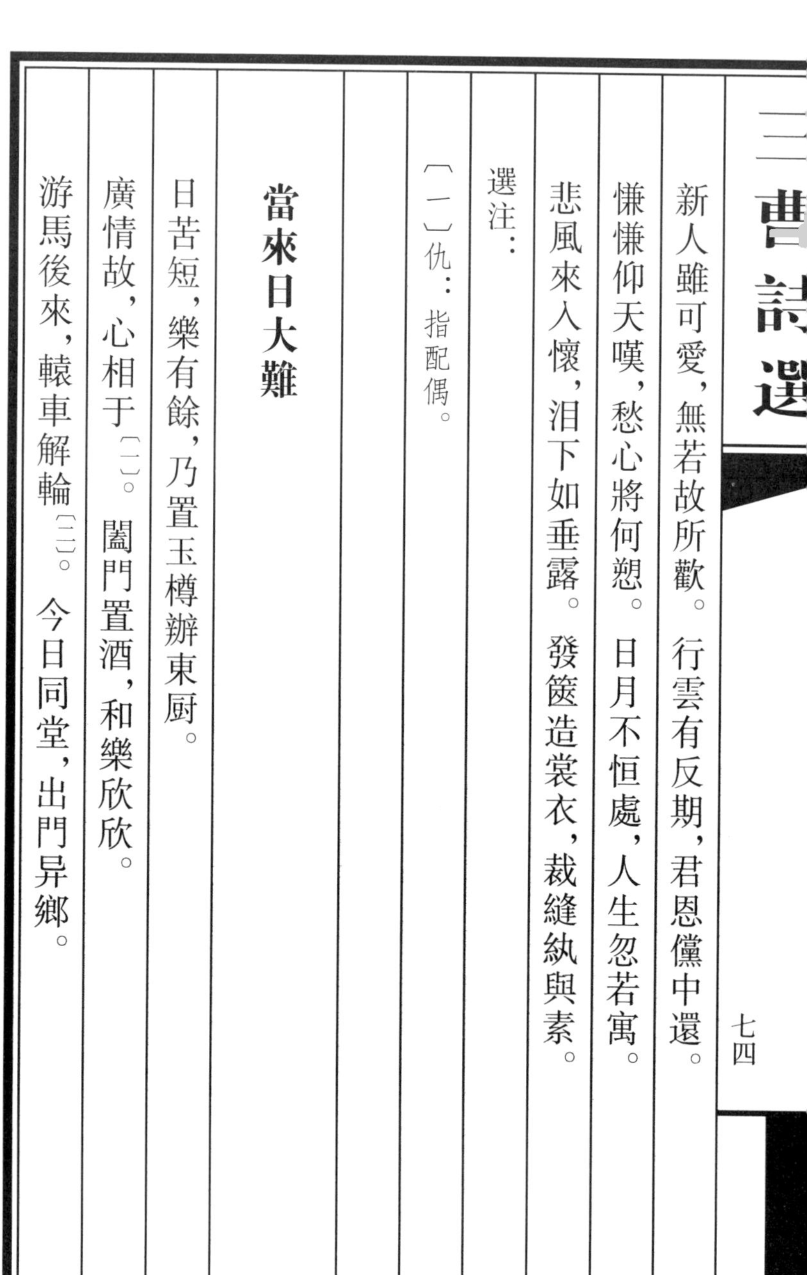

新人雖可愛，無若故所歡。行雲有反期，君恩儻中還。

慊慊仰天嘆，愁心將何愬。日月不恒處，人生忽若寓。

悲風來入懷，泪下如垂露。發篋造裳衣，裁縫紈與素。

選注：

〔一〕仇：指配偶。

當來日大難

日苦短，樂有餘，乃置玉樽辦東厨。

廣情故，心相于〔一〕。闔門置酒，和樂欣欣。

游馬後來，轅車解輪〔二〕。今日同堂，出門异鄉。

別易會難，各盡杯觴。

選注：

〔一〕于：親。

〔二〕轅車解輪：表示主人熱情挽留客人之意。

丹霞蔽日行

紂爲昏亂，虐殘忠正。周室何隆，一門三聖〔一〕。

牧野致功〔二〕，天亦革命。漢祚之興，階〔三〕秦之衰。

雖有南面，王道陵夷。炎光〔四〕再幽，殄滅無遺。

選注：

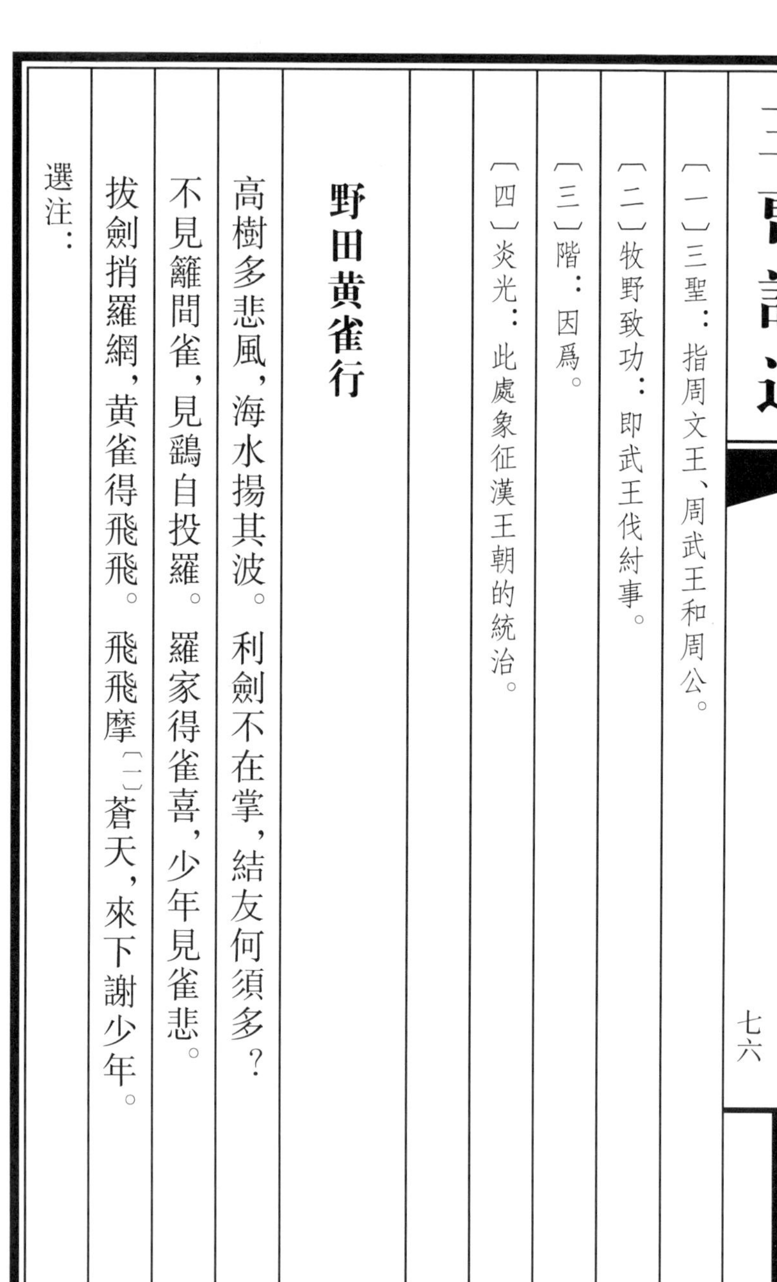

〔一〕三聖：指周文王、周武王和周公。

〔二〕牧野致功：即武王伐紂事。

〔三〕階：因爲。

〔四〕炎光：此處象征漢王朝的統治。

野田黄雀行

高樹多悲風，海水揚其波。利劍不在掌，結友何須多？

不見籬間雀，見鷂自投羅。羅家得雀喜，少年見雀悲。

拔劍捎羅網，黄雀得飛飛。飛飛摩〔一〕蒼天，來下謝少年。

選注：

〔一〕摩：接近。

門有萬里客

門有萬里客，問君何鄉人。褰裳〔一〕起從之，果得心所親。挽裳對我泣，太息前自陳。本是朔方〔二〕士，今爲吴越〔三〕民。行行將復行，去去適西秦〔四〕。

選注：

〔一〕褰裳：挽起衣裙。

〔二〕朔方：漢郡名，此處泛指北方。

〔三〕吴越：今長江中下游一帶。

〔四〕西秦：泛指西部。

泰山梁甫行

八方各异氣〔一〕，千里殊風雨。劇哉〔二〕邊海民，寄身于草野。

妻子象禽獸，行止依林阻。柴門何蕭條，狐兔翔我宇。

選注：

〔一〕异氣：指風俗、習氣不同。

〔二〕劇哉：痛苦啊，艱難啊。

怨歌行

爲君既不易，爲臣良獨難。忠信事不顯，乃有見疑患。

周公佐成王，金縢〔一〕功不刊〔二〕。推心輔王室，二叔〔三〕反流言。

待罪居東國，泣涕常流連。皇靈大動變，震雷風且寒。

拔樹偃秋稼，天威不可干。素服開金縢，感悟求其端。

公旦事既顯，成王乃哀嘆。吾欲竟此曲，此曲悲且長。

今日樂相樂，別後莫相忘。

選注：

〔一〕金縢：櫃子的金屬封口。見《尚書·周書·金縢》。

〔二〕刊：磨滅。

〔三〕二叔：指管叔鮮、蔡叔度，皆爲周武王弟。

鼙舞歌五首

序曰：漢靈帝西園鼓吹有李堅〔一〕者，能鞞舞，遭亂〔二〕，西隨段熲〔三〕。先帝聞其舊有技，召之。堅既中廢，兼古曲多謬誤，故改作新歌五篇。

聖皇篇

聖皇應曆數，正康帝道休〔四〕。九州咸賓服，威德洞八幽。
三公奏諸王，不得久淹留。蕃位任至重，舊章咸率由。
侍臣省文奏，陛下體仁慈。沉吟有愛戀，不忍聽可之。
迫有官典憲，不得顧恩私。諸王當就國，璽綬〔五〕何累縗〔六〕。
便時舍外殿，宫省寂無人。主上增顧念，皇母懷苦辛。

何以爲贈賜，傾府竭寶珍。文錢百億萬，采帛若烟雲。

乘輿服御物，錦羅與金銀。龍旗垂九旒〔七〕，羽蓋參班輪。

諸王自計念，無功荷厚德。思一效筋力，糜軀以報國。

鴻臚擁節衛，副使隨經營。貴戚并出送，夾道交輜輧。

車服齊整設，韡曄〔八〕耀天精。武騎衛前後，鼓吹簫笳聲。

祖道魏東門，泪下沾冠纓。扳蓋因内顧，俛仰慕同生。

行行將日暮，何時還闕庭。車輪爲徘徊，四馬躊躇鳴。

路人尚酸鼻，何况骨肉情。

選注：

〔一〕李堅：漢靈帝時音樂家。

〔二〕亂：指董卓之亂。

〔三〕段熲：字忠明，甘肅武威人。曾爲董卓部下，未受重用。獻帝時官至大鴻臚、光禄大夫。

〔四〕休：美。

〔五〕璽綬：古代印璽上所繫的彩色絲帶，後借指印璽。

〔六〕累纕：繁盛的樣子。

〔七〕九旒：古代旌旗上的九條絲織垂飾。《禮記・樂記》：『龍旂九旒，天子之旌也。』

〔八〕韡曄：光明貌。

靈芝篇

靈芝生天地，朱草被洛濱。榮華相晃耀，光采曄若神。

古時有虞舜，父母頑且嚚。盡孝于田壟，烝烝〔一〕不違仁。

伯瑜〔二〕年七十，彩衣以娱親。慈母笞不痛，歔欷涕沾巾。

丁蘭〔三〕少失母，自傷早孤煢。刻木當嚴親，朝夕致三牲。

暴子見陵侮，犯罪以亡形。丈人爲泣血，免戾全其名。

董永遭家貧，父老財無遺。舉假以供養，傭作致甘肥。

責家填門至，不知何用歸。天靈感至德，神女爲秉機。

歲月不安居，嗚呼我皇考。生我既已晚，弃我何其早。

蓼莪〔四〕誰所興，念之令人老。退咏南風詩，灑泪滿禕袍。

亂曰：

聖皇君四海，德教朝夕宣。萬國咸禮讓，百姓家肅虔。

庠序不失儀，孝弟處中田。户有曾閔子〔五〕，比屋皆仁賢。

髫齔無夭齒，黄髮盡其年。陛下三萬歲，慈母亦復然。

選注：

〔一〕烝烝：孝德之厚美貌。

〔二〕伯瑜：漢朝人，有名的孝子。

〔三〕丁蘭：漢朝人。相傳其幼年父母雙亡，他思念父母的養育之恩，用木頭刻成雙親的雕像，供在堂上，早晚敬奉。事見唐徐堅《初學記》卷十七。

〔四〕蓼莪：《詩經·大雅》篇名。蓼，大而長貌。莪，一種草。

〔五〕曾閔子：指曾參與閔損（閔子騫），二人皆爲孔子弟子，以孝行著稱。

大魏〔一〕篇

大魏應靈符〔二〕，天禄方甫始。聖德致泰和，神明爲驅使。

左右爲供養，中殿宜皇子。陛下長壽考，群臣拜賀咸悦喜。

積善有餘慶，寵禄固天常。衆喜填門至，臣子蒙福祥。

無患及陽遂，輔翼我聖皇。衆吉咸集會，凶邪奸慝并滅亡。

黄鵠〔三〕游殿前，神鼎周四阿。玉馬充乘輿，芝蓋樹九華。

白虎戲西除，舍利從辟邪〔四〕。騏驥躡足舞，鳳皇拊翼歌。

豐年大置酒，玉樽列廣庭。樂飲過三爵，朱顔暴已形。

式宴不違禮，君臣歌鹿鳴。樂人舞鼙鼓，百官雷抃贊若驚。

儲禮如江海，積善若陵山。皇嗣繁且熾，孫子列曾玄。

群臣咸稱萬歲，陛下長壽樂年。御酒停未飲，貴戚跪東厢。

侍人承顔色，奉進金玉觴。此酒亦真酒，福禄當聖皇。

陛下臨軒笑，左右咸歡康。杯來一何遲，群僚以次行。

賞賜累千億，百官并富昌。

選注：

〔一〕大魏：即曹魏政權。

〔二〕『大魏』句：此句言曹丕代漢而即帝位，是承應上天之符命。

〔三〕黄鵠：此處喻賢德之士。

〔四〕舍利、辟邪：皆獸名。是漢代宮廷雜技節目。

精微篇

精微爛金石，至心動神明。杞妻哭死夫，梁山爲之傾。

子丹〔一〕西質秦，烏白馬角生。鄒衍〔二〕囚燕市，繁霜爲夏零。

關東有賢女，自字蘇來卿。壯年報父仇，身没垂功名。

女休〔三〕逢赦書，白刃幾在頸。俱上列仙籍，去死獨就生。

太倉令有罪，遠徵當就拘。自悲居無男，禍至無與俱。

緹縈〔四〕痛父言，荷擔西上書。盤桓北闕下，泣淚何漣如。

乞得并姊弟，没身贖父軀。漢文感其義，肉刑法用除。
其父得以免，辯義在列圖。多男亦何爲，一女足成居。
簡子南渡河，津吏廢舟船。執法將加刑，女娟〔五〕擁棹前。
妾父聞君來，將涉不測淵。畏懼風波起，禱祝祭名川。
備禮饗神祇，爲君求福先。不勝釂〔六〕祀誠，至令犯罰艱。
君必欲加誅，乞使知罪諐。妾願以身代，至誠感蒼天。
國君高其義，其父用赦原。《河激》〔七〕奏中流，簡子知其賢。
歸聘爲夫人，榮寵超後先。辯女解父命，何况健少年。
黄初發和氣，明堂德教施。治道致太平，禮樂風俗移。
刑措民無枉，怨女復何爲。聖皇長壽考，景福常來儀。

選注：

〔一〕子丹：指燕太子丹，曾爲質于秦。

〔二〕鄒衍：戰國人，由齊入燕，竭誠侍奉燕惠王，反遭讒言入獄。鄒衍的冤情感動天地，夏天降下了大雪。

〔三〕女休：左延年《秦女休行》詩記其事，其爲報仇而刺殺仇人，臨刑前遇赦。

〔四〕緹縈：太倉令淳于意之女，曾上書救父。班固有『百男何憒憒，不如一緹縈』句贊之。

〔五〕女娟：津吏之女，善辯，即後文所述之『辯女』。

〔六〕釂：喝乾杯中酒。

〔七〕《河激》：歌名，辭見《列女傳·辯通傳》。

孟冬篇

孟冬十月，陰氣厲清。武官誡田〔一〕，講旅統兵。

元龜襲吉〔二〕，元光著明。蚩尤蹕路，風弭雨停。
乘輿啓行，鸞鳴幽軋。虎賁采騎，飛象珥鶡〔三〕。
鐘鼓鏗鏘，簫管嘈喝。萬騎齊鑣，千乘等蓋。
夷山填谷，平林滌藪〔四〕。張羅萬里，盡其飛走。
趯趯狡兔，揚白跳翰。獵以青骹，掩以修竿。
韓盧宋鵲〔五〕，呈才騁足。噬不盡紲，牽麋掎鹿。
魏氏發機，養基撫弦〔六〕。都盧〔七〕尋高，搜索猴猿。
慶忌孟賁〔八〕，蹈谷超巒。張目決眦，髮怒穿冠。
頓熊扼虎，蹴豹搏貙。氣有餘勢，負象而趨。
獲車既盈，日側樂終。罷役解徒，大饗離宫。
亂曰：

聖皇臨飛軒，論功校獵徒。死禽積如京，流血成溝渠。

明詔大勞賜，大官供有無。走馬行酒醴，驅車布肉魚。

鳴鼓舉觴爵，擊鍾釂無餘。絶綱縱麟麑，弛罩出鳳雛。

收功在羽校，威靈振鬼區。陛下長歡樂，永世合天符。

選注：

〔一〕誡田：下令田獵。

〔二〕元龜襲吉：用大龜甲占卜時得吉卦。

〔三〕鶡：鳥名。

〔四〕藪：長有很多草的湖澤。

〔五〕韓盧宋鵲：韓、宋，爲戰國七雄之二。盧，爲當時韓之名犬；鵲，爲當時宋之名犬。

〔六〕魏氏、養基：皆古時善射者。

〔七〕都盧：此指善于攀援者。

〔八〕慶忌、孟賁：春秋戰國時二勇士。

桂之樹行

桂之樹，桂之樹，桂生一何麗佳。

揚朱華而翠葉，流芳布天涯。上有栖鸞，下有盤螭。

桂之樹，得道之真人咸來會講，仙教爾服食日精。

要道甚省不煩，淡泊無爲自然。

乘蹻〔一〕萬里之外，去留隨意所欲存。

高高上際于衆外，下下乃窮極地天。

選注：

〔一〕乘蹻：道家所謂飛行之術。

當墻欲高行

龍欲升天須浮雲，人之仕進待中人〔一〕。

衆口可以鑠金，讒言三至，慈母不親〔二〕。

憒憒俗間，不辯僞真。

願欲披心自説陳，君門以九重，道遠河無津。

選注：

〔一〕中人：引薦之人。

〔二〕『讒言』二句：述曾參故事。《史記·甘茂列傳》：『昔曾參處費，魯人有與曾參同姓名者殺人。人告其母曰：「曾參殺人。」其母織自若也。頃之，一人又告之曰：「曾參殺人。」其母尚織自若也。頃又一人告之曰：「曾參殺人。」其母投杼下機，逾墻而走。』

當欲游南山行

東海廣且深，由卑下百川。五岳〔一〕雖高大，不逆〔二〕垢與塵。

良木不十圍，洪條〔三〕無所因。長者能博愛，天下寄其身。

大匠無弃材，船車用不均。錐刀各异能，何所獨却前。

嘉善而矜〔四〕愚，大聖亦同然。仁者各壽考，四坐咸萬年。

選注：

〔一〕五岳：《周禮·大司樂》鄭注：『東曰岱宗，南曰衡山，西曰華山，北曰恒山，中曰嵩高山。』

〔二〕逆：拒絶。

〔三〕洪條：粗大的枝條。

〔四〕矜：憐憫。

當事君行

人生有所貴尚，出門〔一〕各异情。朱紫更相奪色，雅鄭异音聲。

好惡隨所愛憎，追舉逐虛名。百心可事一君〔二〕，巧詐寧拙誠。

選注：

〔一〕出門：指進入社會。

〔二〕『百心』句：《晏子春秋》：『百心不可事一君。』詩人用反問句式，語氣更爲强烈。

當車以駕行

歡坐玉殿，會諸貴客。侍者行觴，主人離席。

顧視東西廂，絲竹〔一〕與鞞鐸〔二〕。不醉無歸來，明燈以繼夕。

選注：

〔一〕絲竹：弦樂器與竹管樂器之總稱，此處泛指音樂。

〔二〕鞞鐸：古代兩種樂器。鞞，鼓名。鐸，大鈴。

妾薄命行二首

其一

攜玉手，喜同車，北上雲閣飛除。釣臺蹇産〔一〕清虚，池塘觀沼可娱。

仰泛龍舟緑波，俯擢神草枝柯。想彼宓妃洛河，退咏漢女湘娥〔二〕。

選注：

〔一〕蹇産：形容高而盤曲之貌。

〔二〕漢女：漢水女神。湘娥：湘江女神。

其二

日月既逝西藏，更會蘭室洞房〔一〕。華燈步障〔二〕舒光，皎若日出扶桑。

促樽合坐行觴。

主人起舞娑盤，能者穴觸別端。騰觚飛爵闌干，同量等色齊顏。

任意交屬所歡，朱顏發外形蘭。袖隨禮容極情，妙舞仙仙體輕。

裳解履遺絕纓，俛仰笑喧無呈。覽持佳人玉顏，齊舉金爵翠盤。

手形羅袖良難，腕弱不勝珠環。坐者歎息舒顏。

御金裛粉〔三〕君傍，中有霍納都梁，鷄舌五味雜香，進者何人齊姜〔四〕，

恩重愛深難忘。

召延親好宴私，但歌杯來何遲。客賦既醉言歸，主人稱露未晞。

選注：

〔一〕更會：復會。洞房：深邃的內室。

〔二〕步障：指道路旁用布幅遮隔者。

〔三〕裛粉：用香粉薰衣服。

〔四〕齊姜：泛指美女。借《詩經·衛風·碩人》『齊侯之子』作喻。

名都篇

名都多妖女，京洛出少年。寶劍直〔一〕千金，被服麗且鮮。

鬥鷄東郊道，走馬長楸〔二〕間。馳騁未能半，雙兔過我前。

攬弓捷鳴鏑，長驅上南山。左挽因右發，一縱兩禽連。

餘巧未及展，仰手接飛鳶。觀者咸稱善，衆工歸我妍。

歸來宴平樂，美酒斗十千。膾鯉臇〔三〕胎蝦，炮鱉炙熊蹯〔四〕。

鳴儔嘯匹侶，列坐竟長筵。連翩擊鞠壤〔五〕，巧捷惟萬端。

白日西南馳，光景不可攀〔六〕。雲散還城邑，清晨復來還。

選注：

〔一〕直：通『值』。

〔二〕長楸：高大的楸樹，古時常種于道旁。

〔三〕臇：汁少的羹，此處指做湯羹。

〔四〕熊蹯：熊掌。

〔五〕擊鞠壤：蹴鞠擊壤，古代的兩種游戲。

〔六〕攀：挽留。

美女篇

美女妖且閑〔一〕，采桑歧路間。柔條紛冉冉，落葉何翩翩。

攘袖見素手，皓腕約金環。頭上金爵釵，腰佩翠琅玕。

明珠交玉體，珊瑚間木難〔二〕。羅衣何飄飄，輕裾隨風還。

顧盼遺光彩，長嘯氣若蘭。行徒用息駕，休者以忘餐。

借問女安居，乃在城南端。青樓臨大路，高門結重關。

容華耀朝日，誰不希令顏？媒氏何所營〔三〕？玉帛不時安〔四〕。

佳人慕高義，求賢良獨難。衆人徒嗷嗷，安知彼所觀？

盛年處房室，中夜起長嘆。

選注：

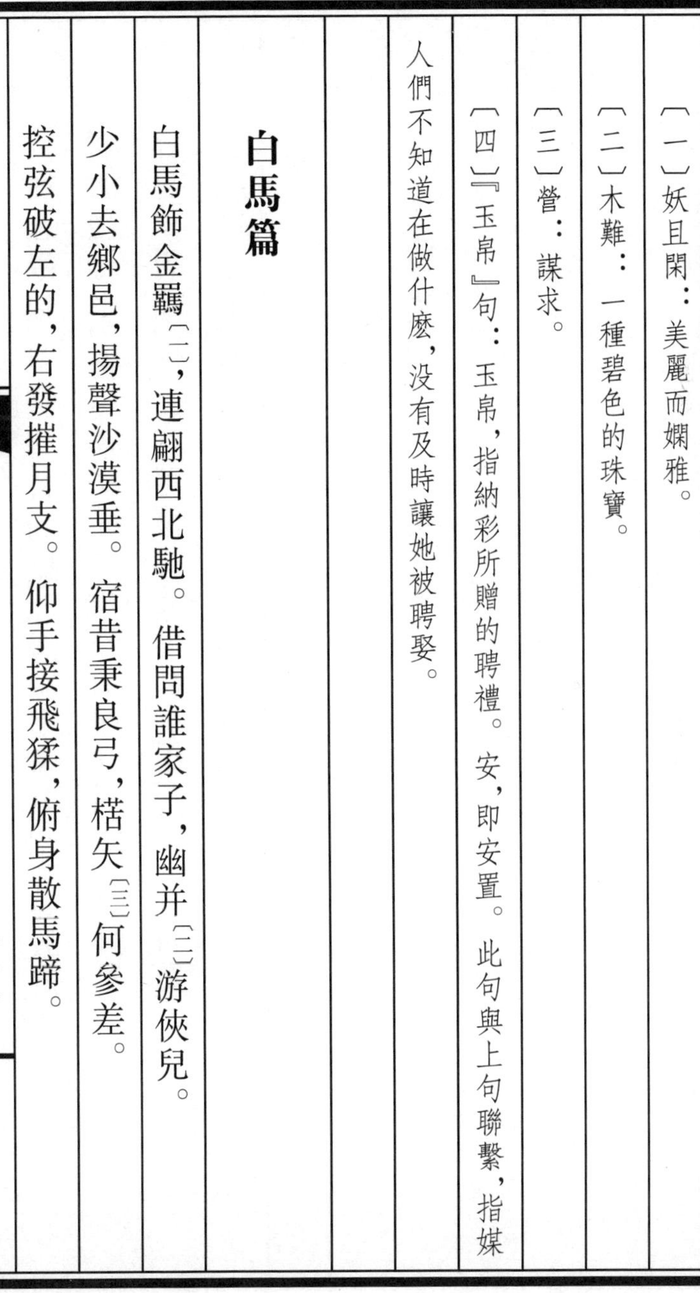

〔一〕妖且閑：美麗而嫻雅。

〔二〕木難：一種碧色的珠寶。

〔三〕營：謀求。

〔四〕『玉帛』句：玉帛，指納彩所贈的聘禮。安，即安置。此句與上句聯繫，指媒人們不知道在做什麼，没有及時讓她被聘娶。

白馬篇

白馬飾金羈〔一〕，連翩西北馳。借問誰家子，幽并〔二〕游俠兒。

少小去鄉邑，揚聲沙漠垂。宿昔秉良弓，楛矢〔三〕何參差。

控弦破左的，右發摧月支。仰手接飛猱，俯身散馬蹄。

狡捷過猴猿，勇剽〔四〕若豹螭。邊城多警急，胡虜數遷移。

羽檄從北來，厲馬登高堤。長驅蹈匈奴，左顧陵鮮卑。

弃身鋒刃端，性命安可懷？父母且不顧，何言子與妻？

名編壯士籍，不得中顧私。捐軀赴國難，視死忽如歸。

選注：

〔一〕羈：馬籠頭。

〔二〕幽并：兩州名，在今河北、山西一帶。

〔三〕楛矢：用楛木做杆的箭。

〔四〕剽：輕捷。

苦思行

綠蘿緣玉樹，光曜粲相暉。下有兩真人〔一〕，舉翅翻高飛。

我心何踴躍，思欲攀雲追。鬱鬱西岳巔，石室青葱與天連。

中有耆年〔二〕一隱士，鬚髮皆皓然。策杖從吾游，教我要忘言〔三〕。

選注：

〔一〕真人：指仙人。

〔二〕耆年：年六十者。

〔三〕忘言：《莊子·外物》：『言者所以在意，得意而忘言。』

升天行二首

其一

乘蹻追術士，遠之蓬萊山。靈液飛素波，蘭桂上參天。

玄豹游其下，翔鵾〔一〕戲其巔。乘風忽登舉，仿佛見衆仙。

選注：

〔一〕鵾：古書上所說一種形似天鵝的大鳥。

其二

扶桑之所出，乃在朝陽溪。中心陵蒼昊〔一〕，布葉蓋天涯。

日出登東幹，既夕没西枝。願得紆陽轡〔二〕，迴日使東馳。

選注：

〔一〕蒼昊：指蒼天。

〔二〕陽轡：傳説中羲和爲日御車之馬轡。

五游篇

九州不足步，願得凌雲翔。逍遥八紘〔一〕外，游目歷遐荒。

披我丹霞衣，襲我素霓裳。華蓋芬晻藹，六龍仰天驤。

曜靈未移景，倏忽造昊蒼。閶闔啓丹扉，雙闕曜朱光。

徘徊文昌殿，登陟太微堂。上帝休西櫺，群后集東廂。

帶我瓊瑶佩，漱我沆瀣〔二〕漿。踟躕玩靈芝，徙倚弄華芳。

王子奉仙藥，羡門〔三〕進奇方。服食享遐紀〔四〕，延壽保無疆。

選注：

〔一〕八紘：八方極遠之地。《淮南子·墜形訓》：『九州之外乃有八殥，八殥之外而有八紘。』紘，高誘注曰：『維也，維落天地而爲之表，故曰紘也。』

〔二〕沆瀣：夜間的水氣。

〔三〕羨門：傳説中的仙人名。

〔四〕遐紀：指高壽。

遠游篇

遠游臨四海，俯仰觀洪波。大魚若曲陵〔一〕，承浪相經過。

靈鰲〔二〕戴方丈〔三〕，神岳儼嵯峨。仙人翔其隅，玉女戲其阿。

瓊蕊可療飢，仰首吸朝霞。崑崙本吾宅，中州非我家。
將歸謁東父，一舉超流沙。鼓翼舞時風，長嘯激清歌。
金石固易弊，日月同光華。齊年與天地，萬乘〔四〕安足多。

選注：

〔一〕曲陵：曲折的山陵，此處形容大魚的背部。

〔二〕靈鰲：神話傳説中的巨龜。

〔三〕方丈：神話傳説中居于渤海的神仙。

〔四〕萬乘：借指天子。

仙人篇

仙人攬六著〔一〕，對博太山〔二〕隅。湘娥〔三〕拊琴瑟，秦女〔四〕吹笙竽。
玉樽盈桂酒，河伯獻神魚。四海一何局，九州安所如。
韓終與王喬〔五〕，要〔六〕我于天衢。萬里不足步，輕舉凌太虛。
飛騰踰景雲，高風吹我軀。迴駕觀紫薇，與帝合靈符。
閶闔正嵯峨，雙闕萬丈餘。玉樹扶道生，白虎夾門樞。
驅風游四海，東過王母廬。俯觀五岳間，人生如寄居。
潛光養羽翼，進趨且徐徐。不見軒轅氏，乘龍出鼎湖〔七〕。
徘徊九天上，與爾長相須〔八〕。

選注：

〔一〕六著：古代的博具，與骰子類似。

〔二〕太山：即泰山。

〔三〕湘娥：相傳堯帝之女娥皇、女英嫁于舜爲妃，舜南巡時死于蒼梧之野，二妃遂自投于湘江，成爲湘水女神。

〔四〕秦女：秦穆公的女兒弄玉，傳説中的仙人。

〔五〕韓終、王喬：皆爲傳説中的仙人。

〔六〕要：通『邀』，邀請。

〔七〕『不見』兩句：相傳黄帝軒轅氏采銅鑄鼎于荆山之下，鼎成，龍下迎帝，帝乘龍上天，後人因稱其地爲鼎湖。

〔八〕須：等待。

鬥鷄篇

游目極妙伎，清聽厭宮商。主人寂無爲，衆賓進樂方。
長筵坐戲客，鬥鷄觀閑房。群雄正翕赫〔一〕，雙翅自飛揚。
揮羽邀清風，悍目發朱光。觜〔二〕落輕毛散，嚴距往往傷。
長鳴入青雲，扇翼獨翱翔。願蒙狸膏〔三〕助，常得擅此場。

選注：

〔一〕翕赫：盛怒貌。

〔二〕觜：同『嘴』。

〔三〕狸膏：古時鬥鷄時用野猫的脂膏塗抹鷄頭，以氣味使對方畏怯，從而戰勝對方。

盤石篇

盤盤山巔石，飄颻澗底蓬。我本太山人，何爲客淮東。
蒹葭彌斥土，林木無分重。岸岩若崩缺，湖水何洶洶。
蚌蛤被濱涯，光彩如錦虹。高彼淩雲霄，浮氣象螭龍。
鯨脊若丘陵，鬚若山上松。呼吸吞船欐〔一〕，澎濞戲中鴻。
方舟尋高價，珍寶麗以通。一舉必千里，乘颸〔二〕舉帆幢。
經危履險阻，未知命所鍾〔三〕。常恐沉黃壚〔四〕，下與黿鱉〔五〕同。
南極蒼梧野，游眄窮九江。中夜指參辰，欲師當定從。
仰天長太息，思想懷故邦。乘桴何所志，吁嗟我孔公。

選注：

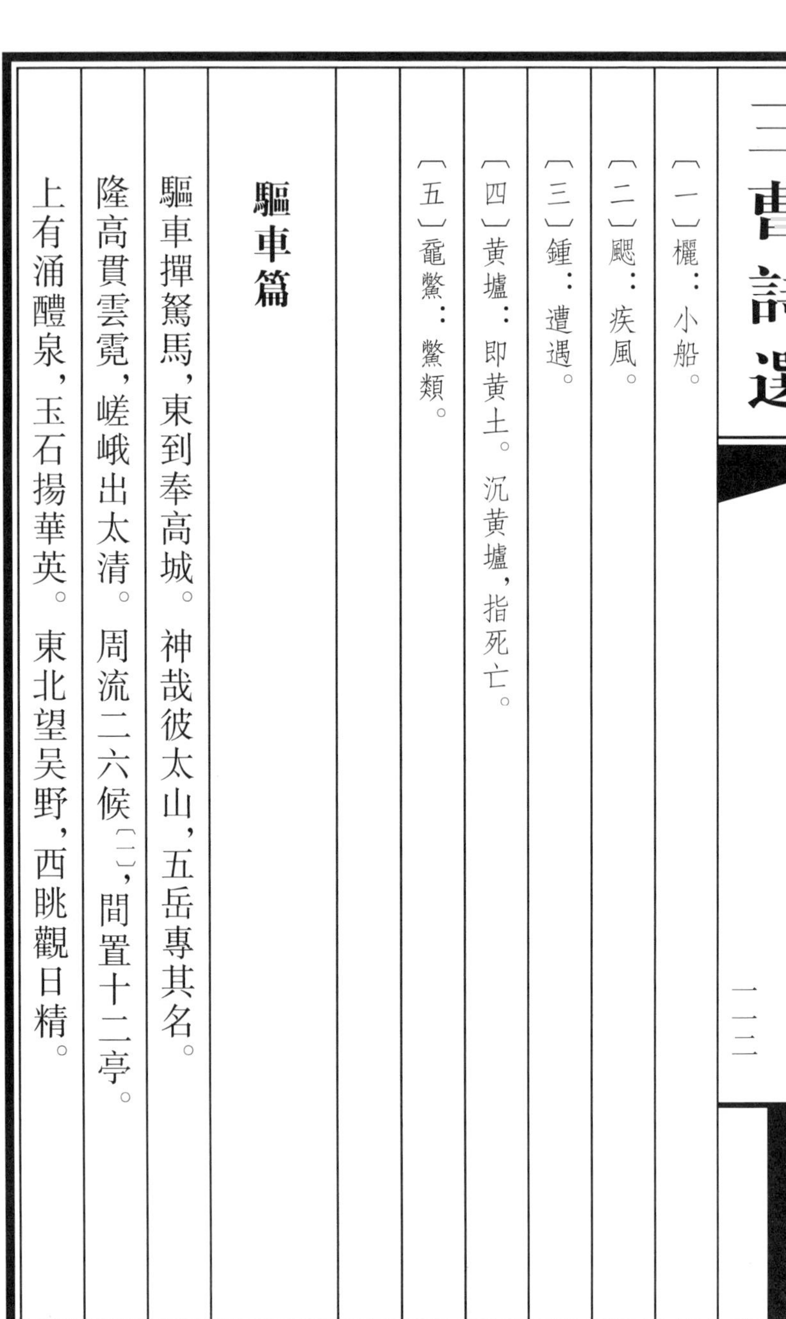

〔一〕欐：小船。

〔二〕颸：疾風。

〔三〕鍾：遭遇。

〔四〕黃壚：即黃土。沉黃壚，指死亡。

〔五〕黿鱉：鱉類。

驅車篇

驅車撣駑馬，東到奉高城。神哉彼太山，五岳專其名。

隆高貫雲霓，嵯峨出太清。周流二六候〔一〕，間置十二亭。

上有涌醴泉，玉石揚華英。東北望吴野，西眺觀日精。

魂神所繫屬，逝者感斯征。王者以歸天〔二〕，效厥元功成。

歷代無不遵，禮記有品程〔三〕。探策〔四〕或長短，唯德享利貞。

封者七十帝，軒皇元獨靈。餐霞漱沆瀣，毛羽被身形。

發舉蹈虛廓，徑庭〔五〕升窈冥〔六〕。同壽東父年，曠代永長生。

選注：

〔一〕周流：周圍。二六：十二。

〔二〕歸天：此處指歸功于天地。

〔三〕品程：規定，約定。

〔四〕策：傳説泰山上有金篋玉策，能知人壽命長短。

〔五〕徑庭：直往不顧貌。

〔六〕窈冥：深遠渺茫的樣子。

種葛篇

種葛南山下，葛藟自成陰。與君初婚時，結髮恩義深。
歡愛在枕席，宿昔同衣衾。竊慕《棠棣》〔一〕篇，好樂和瑟琴。
行年將晚暮，佳人懷异心。恩紀曠〔二〕不接，我情遂抑沉。
出門當何顧，徘徊步北林。下有交頸獸，仰見雙栖禽。
攀枝長嘆息，泪下沾羅襟。良馬知我悲，延頸代我吟。
昔爲同池魚，今爲商與參。往古皆歡遇，我獨困于今。
弃置委天命，悠悠安可任。

選注：

〔一〕《棠棣》：指《詩·小雅·常棣》篇，此處喻夫妻之情。

〔二〕曠：疏曠。

弃婦篇

石榴植前庭，緑葉摇縹青。丹華灼烈烈，璀彩有光榮。
光榮曄流離，可以處淑靈〔一〕。有鳥飛來集，拊翼以悲鳴。
悲鳴夫何爲，丹華實不成。拊心長嘆息，無子當歸寧〔二〕。
有子月經天，無子若流星。天月相終始，流星没無精。
栖遲失所宜，下與瓦石并。憂懷從中來，嘆息通鷄鳴。
反側不能寐，逍遥于前庭。踟躕還入房，肅肅帷幕聲。
搴帷更攝帶，撫弦調鳴箏。慷慨有餘音，要妙悲且清。

收泪長嘆息，何以負神靈。招摇〔三〕待霜露，何必春夏成。晚穫爲良實，願君且安寧。

選注：

〔一〕淑靈：神靈，此處指下文所説的翠鳥。

〔二〕歸寧：女子回返母家爲歸寧，此指被休弃。

〔三〕招摇：代指神話中招摇山的桂樹。《吕氏春秋·本味》云：『和之美者：陽樸之姜，招摇之桂……』

上責躬應詔詩

臣植言：臣自抱釁〔一〕歸藩，刻肌刻骨，追思罪戾。晝分而食，夜分而寢。誠以天網不可重罹〔二〕，聖恩難可再恃。竊感《相鼠》之篇，無禮遄〔三〕死之義。形影相吊，五情愧赧。以罪弃生，則違古賢夕改之勸。忍垢苟全，則犯詩人胡顔之譏。伏惟陛下，德象天地，恩隆父母，施暢春風，澤如時雨。是以不别荆棘者，慶雲之惠也。七子均養者，《鳲鳩〔四〕》之仁也。舍罪責功者，明君之舉也。矜愚愛能者，慈父之恩也。是以愚臣徘徊于恩澤而不敢自弃者也。前奉詔書，臣等絶朝，心離志絶，自分黄耇〔五〕永無執珪之望。不圖聖詔猥垂齒召，至止之日，馳心輦轂。僻處西館，未奉闕庭。踴躍之懷，瞻望反側，不勝犬馬戀主之情。謹奉表并獻詩二篇。詞旨淺末，不足采覽，貴露下情，冒顔以聞。臣植誠惶誠恐，頓首頓首，死罪死罪。

於穆顯考，時惟武皇。受命于天，寧濟四方。

朱旗所拂，九土披攘。
玄化滂流，荒服來王。超商越周，與唐〔六〕比踪。
篤生我皇，奕世載聰。武則肅烈，文則時雍。
受禪于漢，君臨萬邦。萬邦既化，率由舊則。
廣命懿親，以藩王國。帝曰爾侯〔七〕，君茲青土〔八〕。
奄有海濱，方周于魯。車服有輝，旗章有叙。
濟濟雋乂〔九〕，我弼我輔。伊予小子，恃寵驕盈。
舉挂〔一〇〕時網，動亂國經。作藩作屏，先軌是隳。
傲我皇使，犯我朝儀。國有典刑，我削我黜。
將寘于理，元凶是率。明明天子，時惟篤類。
不忍我刑，暴之朝肆。違彼執憲，哀予小臣。

改封兗邑，于河之濱。股肱弗置，有君無臣。
荒淫之闕，誰弼予身。煢煢僕夫，于彼冀方。
嗟予小子，乃罹斯殃。赫赫天子，恩不遺物。
冠我玄冕〔一一〕，要我朱紱〔一二〕。朱紱光大，使我榮華。
剖符授玉，王爵是加。仰齒金璽，俯執聖策。
皇恩過隆，祗承怵惕。咨我小子，頑凶是嬰。
逝慚陵墓〔一三〕，存愧闕庭〔一四〕。匪敢傲德，實恩是恃。
威靈改加，足以没齒。昊天罔極，生命不圖〔一五〕。
常懼顛沛，抱罪黄壚。願蒙矢石，建旗東岳。
庶立毫氂，微功自贖。危軀授命，知足免戾。
甘赴江湘，奮戈吴越。天啓其衷，得會京畿。

遲奉聖顔，如渴如飢。心之云慕，愴矣其悲。

天高聽卑，皇肯照微。

選注：

〔一〕舋：罪。

〔二〕罹：觸犯。

〔三〕遄：迅速。

〔四〕鳲鳩：布谷鳥。《詩經·曹風》篇名。

〔五〕黄耇：指老人。

〔六〕唐：指唐堯。

〔七〕爾侯：曹植自指。

〔八〕青土：即青州。曹植曾被封爲臨淄侯，臨淄在青州境内。

〔九〕雋乂：指才德兼備的人。

〔一〇〕挂：觸犯之意。

〔一一〕玄冕：古代禮冠。

〔一二〕朱紱：官印上的紅絲帶。

〔一三〕陵墓：此處指曹植亡父曹操。

〔一四〕闕庭：借指曹丕。

〔一五〕不圖：不可預謀。

應詔詩

肅承明詔，應會皇都。星陳夙駕，秣馬脂車。

命彼掌徒，肅我征旅。朝發鸞臺，夕宿蘭渚。

芒芒原隰〔一〕，祁祁士女。經彼公田，樂我稷黍。

爰有樛木，重陰匪息。雖有糇糧，飢不遑食。

望城不過，面邑匪游。僕夫警策，平路是由。

玄駟藹藹，揚鑣〔二〕漂沫。流風翼衡，輕雲承蓋。

涉澗之濱，緣山之隈。遵彼河滸，黄坂是階。

西濟關谷，或降或升。騑驂〔三〕倦路，載寢載興。

將朝聖皇，匪敢晏寧。弭節〔四〕長騖，指日遄征。

前驅舉燧，後乘抗旌。輪不輟運，鑾無廢〔五〕聲。

爰暨帝室，税〔六〕此西墉。嘉詔未賜，朝覲莫從。

仰瞻城閾〔七〕，俯惟闕庭。長懷永慕，憂心如酲〔八〕。

選注：

〔一〕原隰：廣平與低濕之地。《爾雅·釋地》：『廣平曰原，下濕曰隰。』

〔二〕鑣：馬嚼子兩端露出嘴外的部分。

〔三〕驂騑：古代駕在車轅兩旁的馬。

〔四〕弭節：停車。見《楚辭·離騷》：『吾令羲和弭節兮，望崦嵫而勿迫。』

〔五〕廢：停止，中止。

〔六〕税：住宿。

〔七〕閾：門楣。

〔八〕酲：醉酒的樣子。見《詩經·小雅·節南山》：『憂心如酲，誰秉國成？』

朔風詩

仰彼朔風，用懷魏都〔一〕。願騁代〔二〕馬，倏忽北徂。
凱風永至，思彼蠻方。願隨越鳥，翻飛南翔。
四氣代謝，懸景〔三〕運周。別如俯仰，脱若〔四〕三秋。
昔我初遷，朱華未希〔五〕。今我旋止，素雪云飛。
俯降千仞，仰登天阻。風飄蓬飛，載離寒暑。
千仞易陟，天阻可越。昔我同袍，今永乖別。
子好芳草，豈忘爾貽〔六〕。繁華將茂，秋霜悴之。
君不垂眷，豈云其誠。秋蘭可喻，桂樹冬榮。
弦歌蕩思，誰與銷憂。臨川慕思，何爲泛舟。

豈無和樂，游非我鄰〔七〕。誰忘泛舟，愧無榜人〔八〕。

選注：

〔一〕朔風：北風。用：因。懷：思念。

〔二〕代：指代郡，古代郡名，産良馬。

〔三〕懸景：指日月。

〔四〕脱若：忽然。

〔五〕希：即『稀』。朱華未希：指還是春天。

〔六〕貽：贈送。

〔七〕鄰：志同道合者。

〔八〕榜人：划船者。

矯志詩

芝桂雖芳，難以餌烹。尸位素餐〔一〕，難以成名。

磁石引鐵，於金不連。大朝舉士，愚不聞焉。

抱璧塗乞，無爲貴寶。履仁遘禍，無爲貴道。

鴛雛遠害，不羞卑栖。靈虯避難，不耻污泥。

都蔗雖甘，杖之必折。巧言雖美，用之必滅。

□□□□，□□□□。〔二〕濟濟唐朝，萬邦作孚〔三〕。

逢蒙〔四〕雖巧，必得良弓。聖主雖知，必得英雄。

螳螂見嘆〔五〕，齊士輕戰。越王軾蛙〔六〕，國以死獻。

道遠知驥，世僞知賢。□□□□，□□□□。〔七〕

覆之幬之，順天之矩。澤如凱風，惠如時雨。

口爲禁闥，舌爲發機。門機之闓，楛矢不追。

選注：

〔一〕尸位素餐：指空占着職位而不盡忠職守，白吃飯。

〔二〕此處疑缺八字。

〔三〕萬邦作孚：指得到所有國家的信服。見《詩經·大雅·文王》：『儀刑文王，萬邦作孚。』

〔四〕逢蒙：古人名，善于射箭。

〔五〕螳螂見嘆：據《韓詩外傳》，齊莊公讓車手繞過擋車的螳螂。

〔六〕越王軾蛙：指越王句踐攻打吴王夫差時，士氣不足，行軍途中遇怒蛙，威風凜凜，故越王伏軾怒蛙，以募勇士。軾，爲車前横木，乘車者行敬禮時伏於軾上，亦稱作軾。

〔七〕此處缺八字。疑即李善《文選》任昉《宣德皇后令》注所引曹植《矯志》詩句：『仁虎匿爪，神龍隱鱗。』

公宴詩

公子〔一〕敬愛客，終宴不知疲。清夜游西園，飛蓋〔二〕相追隨。
明月澄清影，列宿正參差。秋蘭被長坂，朱華冒綠池。
潛魚躍清波，好鳥鳴高枝。神飈接丹轂，輕輦隨風移。
飄飖放志意，千秋〔三〕長若斯。

選注：

〔一〕公子：指曹丕。

〔二〕飛蓋：代指車乘。

〔三〕千秋：一作『千古』。案作『千秋』是，千秋即千年。

侍太子坐

白日曜青春〔一〕，時雨静飛塵。寒冰辟〔二〕炎景，涼風飄我身。
清醴〔三〕盈金觴，肴饌縱横陳。齊人進奇樂，歌者出西秦。
翩翩我公子，機巧忽若神。

選注：

〔一〕青春：青青的春日。

〔二〕辟：消除。

〔三〕清醴：指美酒。

贈徐幹

驚風〔一〕飄白日，忽然歸西山。圓景〔二〕光未滿，衆星燦以繁。志士營世業，小人亦不閑。聊且夜行游，游彼雙闕間。文昌鬱雲興，迎風高中天。春鳩鳴飛棟，流猋〔三〕激櫺軒〔四〕。顧念蓬室士〔五〕，貧賤誠足憐。薇藿〔六〕弗充虛，皮褐猶不全。慷慨有悲心，興文自成篇。寶弃怨何人，和氏有其愆。彈冠俟知己，知己誰不然。良田無晚歲，膏澤多豐年。

亮〔七〕懷璠璵美，積久德愈宣。親交義在敦，申章復何言。

選注：

〔一〕驚風：疾風。

〔二〕圓景：指月亮。

〔三〕流猋：猋，同飆。旋風。

〔四〕櫺軒：有窗格的長廊。

〔五〕蓬室士：指徐幹。

〔六〕薇藿：野菜、野豆之類。

〔七〕亮：確信。

贈丁儀

初秋涼氣發，庭樹微銷落。凝霜依玉除〔一〕，清風飄飛閣。

朝雲不歸山，霖雨成川澤。黍稷委疇隴，農夫安所穫。

在貴多忘賤，爲恩誰能博。狐白足禦冬，焉念無衣客。

思慕延陵子〔二〕，寶劍非所惜。子其寧爾心，親交義不薄。

選注：

〔一〕玉除：玉階。

〔二〕延陵子：吴公子季札，人稱『公子札』。據載，季札途經徐國時，徐君流露出十分喜愛季札所佩寶劍之意，季札心知，便打算在出使晉國返回時將寶劍贈予徐君。當季札返回時，徐君已死，季札便將寶劍挂在徐君墓前的樹枝上。

贈王粲

端坐苦愁思，攬衣起西游。樹木發春華，清池激長流。
中有孤鴛鴦，哀鳴求匹儔〔一〕。我願執此鳥，惜哉無輕舟。
欲歸忘故道，顧望但懷愁。悲風鳴我側，羲和〔二〕逝不留。
重陰〔三〕潤萬物，何懼澤不周。誰令君多念，自使懷百憂。

選注：

〔一〕匹儔：伴侶。

〔二〕羲和：此處借指太陽。

〔三〕重陰：密雲。此處指曹操。

贈丁儀王粲

從軍度函谷，驅馬過西京。山岑〔一〕高無極，涇渭揚濁清。

壯哉帝王居，佳麗殊百城。員闕〔二〕出浮雲，承露概泰清〔三〕。

皇佐〔四〕揚天惠，四海無交兵。權家雖愛勝，全國爲令名。

君子在末位，不能歌德聲。丁生〔五〕怨在朝，王子〔六〕歡自營。

歡怨非貞則，中和誠可經。

選注：

〔一〕山岑：山峰。

〔二〕員闕：即圓闕，在建章宫門北，漢武帝時修建。

〔三〕承露：漢武帝在建章宫内造承露盤。泰清：天空。

〔四〕皇佐：指曹操。

〔五〕丁生：即丁儀。

〔六〕王子：即王粲。

贈丁翼〔一〕

嘉賓填城闕，豐膳出中厨。吾與二三子，曲宴〔二〕此城隅。

秦筝發西氣，齊瑟揚東謳。肴來不虚歸，觴至反無餘。

我豈狎异人，朋友與我俱。大國多良材，譬海出明珠。

君子義休偫〔三〕，小人德無儲〔四〕。積善有餘慶〔五〕，榮枯立可須。

滔蕩〔六〕固大節，時俗多所拘。君子通大道，無願爲世儒。

選注：

〔一〕丁翼：丁儀之弟。

〔二〕曲宴：指有别于正式宴會的私宴。

〔三〕休倂：美好完備。

〔四〕無儲：淺而少。

〔五〕餘慶：多福。

〔六〕滔蕩：廣大的樣子。

贈白馬王彪

序曰：黄初四年五月，白馬王、任城王〔一〕與余倶朝京師，會節氣〔二〕。到洛陽，任城王薨。至七月，與白馬王還國。後有司以二王歸藩，道路宜异宿止，意毒恨之。蓋以大别在數日，是用自剖，與王辭焉，憤而成篇。

其一

謁帝承明廬，逝將歸舊疆。清晨發皇邑，日夕過首陽。
伊洛廣且深，欲濟川無梁。泛舟越洪濤，怨彼東路長。
顧瞻戀城闕，引領情内傷。

選注：

〔一〕白馬王、任城王：白馬王，即曹彪，曹植的异母弟。任城王，即曹彰，曹植的同母兄。

〔二〕節氣：曹魏時有四節之會，在立春、立夏、立秋、立冬四個節氣前，各諸侯王都要來京師舉行朝會，行迎氣之禮。

其二

太谷何寥廓，山樹鬱蒼蒼。霖雨泥我塗，流潦浩縱橫。

中逵〔一〕絶無軌，改轍登高岡。修坂造雲日，我馬玄以黄〔二〕。

選注：

〔一〕中逵：指道路交錯之處。

〔二〕玄以黄：眩暈狀。

其三

玄黄猶能進，我思鬱以紆。鬱紆將何念？親愛在離居。

本圖相與偕，中更不克俱。鴟梟〔一〕鳴衡軛〔二〕，豺狼當路衢。

蒼蠅間白黑，讒巧令親疏。欲還絶無蹊，攬轡止踟躕。

選注：

〔一〕鴟梟：一種凶猛的鳥。

〔二〕衡軛：車轅前的橫木，壓在馬頸上的部分。

其四

踟躕亦何留？相思無終極。秋風發微凉，寒蟬鳴我側。

原野何蕭條，白日忽西匿。歸鳥赴喬林，翩翩厲羽翼。

孤獸走索群，銜草不遑食。感物傷我懷，撫心長太息。

其五

太息將何爲？天命與我違。奈何念同生，一往形不歸。

孤魂翔故域，靈柩寄京師。存者忽復過，亡没身自衰。

人生處一世，忽若朝露晞。年在桑榆間，影響不能追。

自顧非金石，咄唶〔一〕令心悲。

選注：

〔一〕咄唶：驚嘆聲。

其六

心悲動我神，弃置莫復陳。丈夫志四海，萬里猶比鄰。

恩愛苟不虧，在遠分日親。何必同衾幬，然後展殷勤。

憂思成疾疢，無乃兒女仁。倉卒骨肉情，能不懷苦辛？

其七

苦辛何慮思？天命信可疑。虛無求列仙，松子〔二〕久吾欺。

變故在斯須，百年誰能持？離别永無會，執手將何時？

王其愛玉體，俱享黄髮期。收泪即長路，援筆從此辭。

選注：

〔一〕松子：赤松子，傳説中的仙人。

送應氏〔一〕詩二首

其一

步登北邙坂，遥望洛陽山。洛陽何寂寞，宫室盡燒焚。

垣墻皆頓擗〔二〕，荆棘上參天。不見舊耆老，但睹新少年。

側足無行徑，荒疇不復田。游子久不歸，不識陌與阡。

中野何蕭條，千里無人烟。念我平生親〔三〕，氣結不能言。

選注：

〔一〕應氏：指應瑒、應璩兄弟，都是詩人。

〔二〕頓擗：崩倒，倒塌。

〔三〕平生親：從前的親友。一作『平常居』。

其二

清時〔一〕難屢得，嘉會不可常。天地無終極，人命若朝霜。

願得展嬿婉〔二〕，我友之朔方。親昵并集送，置酒此河陽。

中饋〔三〕豈獨薄？賓飲不盡觴。愛至望苦深，豈不愧中腸？

山川阻且遠，別促會日長。願爲比翼鳥，施翮起高翔。

選注：

〔一〕清時：太平之時。

〔二〕嬿婉：歡樂貌。

〔三〕中饋：酒食。

三良〔一〕詩

功名不可爲，忠義我所安。秦穆先下世，三臣皆自殘。

生時等榮樂，既没同憂患。誰言捐軀易，殺身誠獨難。

攬涕登君墓，臨穴仰天嘆。長夜何冥冥，一往不復還。

黄鳥爲悲鳴，哀哉傷肺肝。

選注：

〔一〕三良：春秋時秦穆公死後以一百多人殉葬，其中有子車氏的三子：奄息、仲行和鍼虎，皆爲忠良之臣，稱爲『三良』。《詩經·秦風·黄鳥》篇就是哀悼『三良』的詩。

游仙詩

人生不滿百，戚戚少歡娛。意欲奮六翮〔一〕，排霧淩紫虛〔二〕。
蟬蜕同松喬，翻迹登鼎湖。翱翔九天上，騁轡遠行游。
東觀扶桑曜，西臨弱水〔三〕流。北極玄天渚，南翔陟丹丘〔四〕。

選注：

〔一〕六翮：鳥的兩翼。

〔二〕紫虛：指紫色的雲。

〔三〕弱水：神話中的水名。

〔四〕丹丘：神話中地名，謂晝夜常明之地。

雜詩 六首

其一

高臺多悲風，朝日照北林。之子在萬里，江湖迥且深。
方舟安可極，離思故難任。孤雁飛南游，過庭長哀吟。
翹思慕遠人，願欲托遺音。形影忽不見，翩翩傷我心。

其二

轉蓬離本根，飄颻隨長風。何意迴飈〔一〕舉，吹我入雲中。
高高上無極，天路安可窮？類此游客子，捐軀遠從戎。
毛褐不掩形〔二〕，薇藿常不充。去去莫復道，沉憂令人老。

選注：

〔一〕迴飈：指旋風。

〔二〕不掩形：不能完全掩蓋形體。

其三

西北有織婦，綺縞何繽紛。明晨秉機杼，日昃不成文。

太息終長夜，悲嘯入青雲。妾身守空閨，良人行從軍。

自期三年歸，今已歷九春。飛鳥繞樹翔，噭噭鳴索群。

願爲南流景，馳光見我君。

其四

南國有佳人，容華若桃李。朝游江北岸，夕宿瀟湘沚。

時俗薄朱顔，誰爲發皓齒？俯仰歲將暮，榮耀難久恃。

其五

僕夫早嚴駕，吾將遠行游。遠行欲何之？吴國爲我仇。

將騁萬里途，東路安足由？江介多悲風，淮泗馳急流。

願欲一輕濟，惜哉無方舟。閑居非吾志，甘心赴國憂。

其六

飛觀百餘尺，臨牖御櫺軒。遠望周千里，朝日見平原。

烈士多悲心，小人偷自閑。國仇亮不塞〔一〕，甘心思喪元〔二〕。

拊劍西南望，思欲赴太山〔三〕。弦急悲聲發，聆我慷慨言。

選注：

〔一〕亮不塞：亮，果真。不塞，未杜絶。

〔二〕喪元：掉頭顱，指犧牲。

〔三〕赴太山：指犧牲。太山即泰山。古時人認爲人去世後靈魂會回歸泰山。

閨情

攬衣出中閨，逍遥步兩楹。閑房何寂寞，緑草被階庭。
空室自生風，百鳥翩南征。春思安可忘，憂戚與我并。
佳人在遠道，妾身單且煢。歡會難再遇，芝蘭不重榮。
人皆弃舊愛，君豈若平生。寄松爲女蘿〔一〕，依水如浮萍。
賫身奉衿帶，朝夕不墮傾。倘終顧眄恩，永副〔二〕我中情。

選注：

〔一〕女蘿：植物名，即松蘿，多纏繞于松樹上。

〔二〕副：符合。

七哀詩

明月照高樓，流光〔一〕正徘徊。上有愁思婦，悲嘆有餘哀。

借問嘆者誰？言是宕子〔二〕妻。君行逾十年，孤妾常獨栖。

君若清路塵，妾若濁水泥。浮沉各异勢，會合何時諧？

願爲西南風，長逝入君懷。君懷良〔三〕不開，賤妾當何依？

選注：

〔一〕流光：月光。

〔二〕宕子：即『蕩子』。指在外鄉作客，日久不歸之人。

〔三〕良：確實，的確。

情詩

微陰翳陽景，清風飄我衣。游魚潛綠水，翔鳥薄[一]天飛。眇眇客行士，遥役不得歸。始出嚴霜結，今來白露晞。游子嘆《黍離》[二]，處者歌《式微》[三]。慷慨對嘉賓，凄愴内傷悲。

選注：

〔一〕薄：迫近。

〔二〕《黍離》：《詩經·王風》中的一篇，黍離之悲，後多用以指亡國之痛。此處僅取行役之意。

〔三〕《式微》：《詩經·邶風》中的一篇，本詩取其中的勸歸之意。

喜雨詩

天覆何彌廣，苞[一]育此群生。弃之必憔悴，惠之則滋榮。慶雲[二]從北來，鬱述[三]西南征。時雨中夜降，長雷周我庭。嘉種盈膏壤，登秋畢有成。

選注：

〔一〕苞：通『包』。包裹。

〔二〕慶雲：彩雲，古人認爲此雲帶有祥瑞之氣。

〔三〕鬱述：烟氣升騰的樣子。

七步詩

煮豆持作羹，漉〔一〕豉〔二〕以爲汁。萁〔三〕在釜下燃，豆在釜〔四〕中泣。
本是同根生，相煎何太急！

選注：

〔一〕漉：過濾。

〔二〕豉：用煮熟的大豆發酵後製成的豆製品。

〔三〕萁：豆莖。

〔四〕釜：古代的一種鍋。

失題

雙鶴俱遨游，相失東海傍。雄飛竄北朔，雌驚赴南湘。弃我交頸歡，離別各异方。不惜萬里道，但恐天網張。

離友詩

鄉人有夏侯威〔一〕者，少有成人之風。余尚其爲人，與之昵好。王師振旅〔二〕，送余于魏邦。心有眷然，爲之隕涕。乃作離友之詩。其辭曰：

其一

王旅旋兮背故鄉，彼君子兮篤人綱。

勝〔三〕余行兮歸朔方，馳原隰兮尋舊疆。

車載奔兮馬繁驤，涉浮濟兮泛輕航。

迄魏都兮息蘭房，展宴好兮惟樂康。

選注：

〔一〕夏侯威：魏將夏侯淵之子。

〔二〕振旅：班師回防。

〔三〕勝：相送。

其二

涼風肅兮白露滋，木感氣兮條葉辭。

臨渌水〔一〕兮登崇基〔二〕，折秋華〔三〕兮采靈芝。

尋永歸兮贈所思〔四〕，感離隔兮會無期。

伊鬱悒兮情不怡。

選注：

〔一〕淥水：清澈的水。

〔二〕崇基：高山。

〔三〕秋華：指菊花。

〔四〕所思：指夏侯威。

雜詩

悠悠遠行客，去家千餘里。

出亦無所之，入亦無所止。

浮雲翳日光，悲風動地起。

樂府歌

膠漆至堅，浸之則離。

皎皎素絲〔一〕，溺色染移〔二〕。

君不我弃，讒人所爲。

選注：

〔一〕素絲：白色的絲。

〔二〕溺：沉没。移：改變。

附：

洛神賦 有序

黄初〔一〕三年，余朝京師，還濟洛川。古人有言，斯水之神，名曰宓妃〔二〕。感宋玉對楚王説神女之事〔三〕，遂作斯賦。其詞曰：

余從京師，言歸東藩〔四〕。背伊闕〔五〕，越轘轅〔六〕，經通谷〔七〕，陵景山〔八〕。日既西傾，車殆馬煩。爾乃税駕乎蘅皋，秣駟乎芝田〔九〕，容與乎陽林〔一〇〕，流眄乎洛川。于是精移神駭，忽焉思散。

俯則未察，仰以殊觀，睹一麗人，于岩之畔。

爾乃援御者而告之曰：『爾有覿[一一]于彼者乎？彼何人斯？若此之艷也！』御者對曰：『臣聞河洛之神，名曰宓妃。然則君王之所見，無乃是乎？其狀若何？臣願聞之。』

余告之曰：

其形也，翩若驚鴻，婉若游龍。

榮曜秋菊，華茂春松。

仿佛兮若輕雲之蔽月，飄飖兮若流風之迴雪。

遠而望之，皎若太陽升朝霞；迫而察之，灼若芙蕖出渌波。

穠纖得衷，修短合度。肩若削成，腰如約素。

延頸秀項，皓質呈露。芳澤無加，鉛華弗御。

雲髻峨峨，修眉聯娟。

丹唇外朗，皓齒内鮮，明眸善睞，靨輔承權。

瓌姿艷逸，儀静體閑。柔情綽態，媚于語言。

奇服〔一二〕曠世，骨像應圖〔一三〕。

披羅衣之璀粲兮，珥瑶碧之華琚。

戴金翠之首飾，綴明珠以耀軀。

踐遠游〔一四〕之文履〔一五〕，曳霧綃之輕裾。

微幽蘭之芳藹兮，步踟躕于山隅。

于是忽焉縱體，以遨以嬉。

左倚采旄，右蔭桂旗。

攘皓腕于神滸兮，采湍瀨〔一六〕之玄芝。

余情悦其淑美兮，心振蕩而不怡。
無良媒以接歡兮，托微波而通辭。
願誠素之先達兮，解玉佩而要之。
嗟佳人之信修兮，羌習禮而明詩。
抗瓊珶以和予兮，指潛川而爲期。
執眷眷之款實兮，懼斯靈之我欺。
感交甫〔一七〕之弃言兮，悵猶豫而狐疑。
收和顔而静志兮，申禮防以自持。
于是洛靈感焉，徙倚傍徨，神光離合，乍陰乍陽。
竦輕軀以鶴立，若將飛而未翔。
踐椒塗〔一八〕之郁烈，步蘅薄而流芳。

超長吟以永慕兮，聲哀厲而彌長。

爾乃衆靈雜遝，命儔嘯侶〔一九〕。

或戲清流，或翔神渚，或采明珠，或拾翠羽。

從南湘之二妃，携漢濱之游女〔二〇〕。

嘆匏瓜〔二一〕之無匹兮，咏牽牛之獨處。

揚輕袿之綺靡兮，翳修袖以延佇。

體迅飛鳧，飄忽若神，陵波微步，羅襪生塵。

動無常則，若危若安。進止難期，若往若還。

轉眄流精，光潤玉顔。含辭未吐，氣若幽蘭。

華容婀娜，令我忘餐。

于是屏翳〔二二〕收風，川后〔二三〕静波。

馮夷〔二四〕鳴鼓，女媧清歌。
騰文魚以警乘，鳴玉鸞以偕逝。
六龍儼其齊首，載雲車之容裔。
鯨鯢踴而夾轂，水禽翔而爲衛。
于是越北沚，過南岡，紆素領，迴清揚。
動朱唇以徐言，陳交接之大綱。
恨人神之道殊兮，怨盛年之莫當。
抗羅袂以掩涕兮，泪流襟之浪浪。
悼良會之永絶兮，哀一逝而异鄉。
無微情以效愛兮，獻江南之明璫。
雖潛處于太陰〔二五〕，長寄心于君王。

忽不悟其所舍，悵神霄而蔽光。
于是背下陵高，足往神留，遺情想像，顧望懷愁。
冀靈體之復形，御輕舟而上溯。
浮長川而忘反，思綿綿而增慕。
夜耿耿而不寐，沾繁霜而至曙。
命僕夫而就駕，吾將歸乎東路。
攬騑轡以抗策，悵盤桓而不能去。

選注：

〔一〕黄初：魏文帝曹丕年號，公元二二〇—二二六年。

〔二〕宓妃：相傳爲伏羲氏之女，溺死于洛水，遂爲洛水之神。屈原《離騷》：『吾令豐隆乘雲兮，求宓妃之所在。』

〔三〕『感宋玉』句：宋玉有《神女賦》，言與楚襄王對答夢遇巫山神女事。

〔四〕東藩：指在洛陽東北的曹植封地鄄城。藩，爲古代天子分封的地域，諸侯國被稱爲藩國。

〔五〕伊闕：山名，即闕塞山、龍門山。在今河南洛陽市南。《水經注·伊水篇》注曰：『昔大禹疏以通水，兩山相對，望之若闕，伊水歷其間北流，故謂之伊闕。』

〔六〕轘轅：山名，在今河南偃師東南。《元和郡縣志》：『道路險阻，凡十二曲，將去復還，故曰轘轅。』

〔七〕通谷：山谷名。

〔八〕景山：山名，在今河南偃師南。

〔九〕芝田：《十洲記》：『鍾山在北海之中，仙家數千，耕田種芝草。』一説爲地名。此指野草豐茂之地。

〔一〇〕陽林：地名，一作『楊林』，因多生楊樹而名。

〔一一〕覿：看見。

〔一二〕奇服：奇麗的服飾。屈原《九章·涉江》：『余幼好此奇服兮，年既老而不衰。』

〔一三〕應圖：指與畫中人相當。

〔一四〕遠游：鞋名。

〔一五〕文履：飾有花紋圖案的鞋。

〔一六〕湍瀨：石上急流。

〔一七〕交甫：鄭交甫。《神仙傳》：『切仙一出，游于江濱，逢鄭交甫。交甫不知何人也，目而挑之，女遂解佩與之。交甫行數步，空懷無佩，女亦不見。』

〔一八〕椒塗：塗有椒泥的道路。椒，花椒，有濃香。

〔一九〕命儔嘯侶：呼朋唤友。

〔二〇〕漢濱之游女：漢水之神。《詩經·周南·漢廣》：『漢有游女，不可求思。』

〔二一〕匏瓜：星名。

〔二二〕屏翳：傳説中的衆神之一，司職説法不一，或以爲是雲師（《吕氏春秋》），或以爲是雷師（韋昭），或以爲是雨師（《山海經》、王逸等）。而曹植認爲是風神，其《誥咎文》云『河伯典澤，屏翳司風』。

〔二三〕川后：舊説即河伯，似有誤，俟考。

〔二四〕馮夷：河伯名，亦作『冰夷』『無夷』。《青令傳》：『河伯，華陰潼鄉人也，姓馮名夷。』

〔二五〕太陰：衆神所居之處。